中國語言文字研究輯刊

十三編

許錟輝 主編

第 **11** 冊

李思明語言學論集（下）

李思明 著

花木蘭文化事業有限公司

國家圖書館出版品預行編目資料

李思明語言學論集（下）／李思明 著 -- 初版 -- 新北市：花
木蘭文化事業有限公司，2017〔民 106〕
目 2+162 面；21×29.7 公分
（中國語言文字研究輯刊 十三編；第 11 冊）
ISBN 978-986-485-236-9（精裝）
1. 漢語 2. 語言學 3. 文集
802.08   106014702

中國語言文字研究輯刊
十三編   第十一冊   ISBN：978-986-485-236-9

李思明語言學論集（下）

著　　者　李思明
主　　編　許錟輝
總 編 輯　杜潔祥
副總編輯　楊嘉樂
編　　輯　許郁翎、王　筑　美術編輯　陳逸婷
出　　版　花木蘭文化事業有限公司
社　　長　高小娟
聯絡地址　235 新北市中和區中安街七二號十三樓
　　　　　電話：02-2923-1455 ／傳眞：02-2923-1452
網　　址　http://www.huamulan.tw 信箱 hml810518@gmail.com
印　　刷　普羅文化出版廣告事業
初　　版　2017 年 9 月
全書字數　301892 字
定　　價　十三編 11 冊（精裝）　台幣 28,000 元

李思明語言學論集（下）

李思明　著

目次

《水滸全傳》「得」字的初步考察

　　《水滸全傳》（上海人民出版社 1975 年版，以下簡稱《水》）裡的「得（包括與之通用的部分「的」）字是個使用頻率很高的字。「得」在《水》中出現 5120 餘次（其中「得」占 89.7%，「的」占 10.3%），約占《水》全書總字數的 0.5%。

　　《水》中「得」字用途很廣，可以作動詞、助動詞和助詞，也可以作爲合成詞裡的一個詞素。「得」字總次數中，動詞占 9.9%，助動詞占 7.9%，助詞占 52.7%，詞素占 29.5%。

　　各類詞和詞素「得」有哪些意義和用法？「得」「的」通用情況如何？這些能說明一些什麼問題？本文準備對上列問題談談自己的不成熟的看法，以求教於專家與讀者。

一、動詞

　　動詞「得」主要有如下四種意義。

1、得到、獲得

　　《說文》：「得，行有所取也。」段注：「行而有所取，是曰得也。左傳云：『凡獲器用曰得。』」可見，「得到」「獲得」是「得」的本義。動詞「得」的其他各義都是由它引申而得，其他詞類和詞素「得」也多與此有關。

　　本項意義用得最多，占動詞「得」字總次數的 80.7%，是基本義；其他幾

項均屬引申義，用得很少，合計僅占 19.3%。基本義的一些主要用法（帶詞作賓語、不帶賓語）一直保留到今天，如：

> 張孔目已得了金子，只管把文案拖延了日期。（453）

> 此關唾手可得。（1363）

只有帶小句賓語（「得到⋯⋯〈表結果的〉事」）這一用法，今天不再使用，如：

> 你搬了去，便謝天地，且得冤家離眼前。（287）

> 若得樞相肯做主張，深感厚德。（1087）

2、（幸虧）得到

> 早是得眾兄弟救了。（884）

> 多得孫孔目維持，這棒不毒，因此走動得。（97）

> 今日山寨，天幸得眾多豪傑到此，相扶相助，似錦上添花，如旱苗得雨。（223）

> 不期一箭，正中晁蓋臉上，倒撞下馬來；卻得呼延灼、燕順兩騎馬死並將去，背後劉唐、白勝，救得晁蓋上馬，殺出村中來。（755）

從上面各例可以看出，本類「得」有三個特點：a、「得」後必帶賓語，而且賓語僅僅是小句；b、「得」這個動作已經實現；c、含有「幸虧「多虧」的感情色彩。這三點，體現了基本義「得到」（a、b）和表情評價意義「幸虧」（c）的統一。兩者缺一不可：缺後者，詞義不全；缺前者，失去了動詞的資格。所以釋為「（幸虧）得到」比較完整（這裡「幸虧」加上括號，是為了區別於詞組「幸虧得到」）。《〈水滸全傳〉「得」的詞義初探》（《語文研究》1984 年第二期，以下簡稱《初探》）釋為「幸虧」「多虧」，歸入動詞，實際上丟掉了基本義，成了不表動作性的副詞。該文說：「『得』前用『幸』『多』等，其義（指「幸虧」「多虧」——引者）更為明顯」，「『幸得』後接主謂詞組時，是一個詞。」我們認為，「幸」「多」是副詞，「幸得」是副・動詞組，即幸虧＋（幸虧）得到＝幸虧得到。這恰恰證明，將動詞「得」僅僅釋為「幸虧」「多虧」是不夠全

面的。

3、致使

把梯子上去拆了，也得耳根清淨。（85）

若得此人上山，宋江情願讓位。（806）

似此怎得城子破？（1320）

本類「得」的後面只帶小句賓語，意義稍爲複雜：對句子主語來說，是「得到（小句的結果）」；對小句的主語來說，是「（使它）得到（小句謂語這樣的結果）」。前者是「致」，後者是「使」，「致使」是本類「得」的意義最完整的概括。《初探》釋爲「表『致使』的『使』」，只是單從已經發展了的現代漢語的語意作釋，還沒有全面反映《水》時的原意。

4、有

比及編排得軍士上船，訓練得熟，已得半月之久，梁山泊盡知了。（965）

卻說本縣知縣自到任已來，卻得二年半多了。（287）

你莫不見鬼，背後那得人？（399）

望著燈光處，曳開腳步奔將來，未得一里多路，來到一個去處。（1052）

《初探》的「得 10」和「得 11」將一些後帶數量時間短語的「得」釋做副詞「才」和「已經」，值得商榷。如「老漢止有這個小女，如今方得一十九歲」（64）和「前後得半年之上，史進打這十八般武藝，從新學得十分精熟」（21）兩句的「得」均釋爲副詞「才」，「表示數量少，有『僅僅』的意思。」我們認爲，前例「方得」與前句「止有」對舉，是副‧動詞組，「得」明顯是動詞「有」；後例的「得」也是表示「有」的動詞，「僅僅」之意僅僅從句意推得，並非詞義。又如「我這個小女先嫁得本府一個王押司，不幸沒了，今得二週年」（563）和「如今不幸他歿了，已得三年」（302），該文將後句的「得」釋爲動詞「有」，這是對的；將前句的「得」釋爲副詞「已經」，卻不夠妥當，因爲「已經」也是從句意推來，不是詞義。這幾例也反映出《初探》標準不夠統一：「今得」「已得」的「得」同有副詞修飾，卻一爲副詞，一爲動詞。

上述四種意義，現代漢語基本上保留了第一種，間或使用第二種，後兩種不再使用。

二、助動詞

助動詞「得」與動詞「得」，各自的語法意義不同：前者處於次要地位，只是輔助其後的動詞，不帶賓語（有時「得」後也直接跟詞或小句，這可視爲「得」後動詞的省略）；後者則是主要動詞，其後可直接帶詞（動詞除外）和小句作賓語，在句中單獨作謂語。因此應將它們分作兩類爲好；合稱動詞似嫌籠統了些，合稱助動詞也沒有顯示其語法特點。

助動詞「得」的意義主要有三：

1、表示客觀條件造成的可能性：能、能夠

那廝見眾人入來救應，放了手，提起禪杖打將出去。因此，我得脱了身，拾得性命。（68）

那十四個人，直到二更，方才得醒。（189）

不因柴進修書薦，焉得馳名水滸中？（127）

前番和花和尚在清風山時，洒家有心要去和他廝會，及至洒家去時，又聽得說道去了，以此無緣不得相見。（725）

2、表示情理上的許可：能、可

他若說不在時，你便打將起來，卻不得傷犯他老母。（668）

若是執迷不悟，便教昆岡山火起，玉石俱焚，只在目前，有話早說，休得俄延。（790）

你的老母，我自使人早晚看視，勿得憂念。（677）

諸多大小兄弟，各各管領，悉宜遵守，毋得違悮，有傷義氣。（878）

3、表示客觀或情理的需要：要

各人跨腰刀，提樸刀，都藏暗器，不必得說。（886）

怪得今日我的這腿也收不住，只用去天盡頭走一遭了，慢慢地卻得三五年，方才回得來。（664）

情願捨死一往，只是得燕青爲伴同行最好。（1327）

後兩例可以認爲是「得」後省略動詞「有」。

這三種意義的使用率差別很大：第一種占 76%，第二種占 22%，第三種只占 2%。今天第三種還用，第二種一般僅用於公文條款中，第一種已不再使用。

三、助詞一

助詞「得」置於動詞後，分別表示動作的 a 可能，b 連接程度、結果補語，c 時態與結果。依次稱之爲助詞一、助詞二和助詞三。下面分開介紹，先談助詞一。

放在動詞後面表示可能的「得」是助動詞還是助詞？《初探》在「得 8」中歸到動詞（實質即助動詞）。我們認爲，還是歸到助詞比較合適，因爲從語法角度來看，兩者位置不同，讀音不同，地位和作用也不同。在很多情況下，兩者不能調換，如「動彈不得」不等於「不得動彈」，「那裏扶得動」不能說成「那裏得扶動」。當前，語法學界一般都是把這類「得」歸入助詞。

助詞一「得」的大多數用法一直保留到今天，如：

我於路不曾害，酒也吃得，肉也吃得，飯也吃得，路也走得。
（344）——〔動・得〕

若依不的，只在家中坐地。（760）——〔動・不・得〕

你打得別人，怎近得我？（866）——〔動・得・賓〕

敗軍無心戀戰，只顧奔走，救護不得後軍。（968）——〔動・不・得・賓〕

武松那裏掙扎得脫？（375）——〔動・得・結〕

天下只有你乖，你說這癡話，這個如何瞞得過做公的？（380）——〔動・得・結・賓〕

容易入得來，只是出不去。（591）——〔動・得・趨〕

此時是仲冬將近，葉落草枯，星光下看得出路徑。（1217）——〔動・得・趨・賓〕

但也有一些特點：

1、〔動・得〕式中，除 82.4%是單音節動詞外，還有 17.6%是雙音節動詞。

都頭，但凡人命之事，須要屍、傷、病、物、蹤，五件事全，
方可推問得。（325）

你兩個且休說，節堂深處的勾當，誰理會的？（997）

2、動詞帶賓語的否定式，除 46.6% 是〔動・不・得・賓〕式外，有 53.4%
是〔動・賓・不・得〕式。

只是我杖瘡發作，腳皮破損，點地不得。（786）

你那裏安他不的，卻推來與我。（81）

3、動結（趨）式不帶賓語的否定式，除絕大多數是將「得」改爲「不」的
〔動・不・結（趨）〕式外，還有少數保留「得」，格式是〔動・不・得・結〕
式或〔動・趨・不・得〕式。

今日連我也走不得住，你走去。（664）

猜道師父回去不得，必來趕我。（549）

只怕近日也被賊人築斷了，過去不得。（1375）

4、動結（趨）式帶賓語的肯定式，除少數是〔動・得・結（趨）・賓〕式
外，多數是〔動・得・賓・結（趨）〕式，一部分是〔動・結・得・賓〕式。

好酒，還是這酒衝得人動。（337）

俺卻剛剛只敵的他住。（193）

城中守將劉敏，是那夜中了宋江之計，只逃脫得性命。（1234）

你若盜得甲來，我便包辦賺他上山。（701）

番軍人馬，那裏能夠出的城來。（1022）

5、動結（趨）式帶賓語的否定式，絕大多數是將「得」改爲「不」的〔動・
不・結（趨）・賓〕式、〔動・賓・不・結（趨）〕和〔動・不・趨$_1$・賓・趨$_2$〕
式：

一時間愚迷了佛性禪心，拴不定心猿意馬。（556）

我見那婦人隨後便出來，扶大郎不動，我慌忙也自走了。（324）

半晌說不出話。（1216）

朱仝恨不得一口氣吞了他，只是趕他不上。（648）

救不出這幾個兄弟來，情願自死於此地。（612）

也還有少數保留「得」，格式是〔動・不・得・賓・結（趨）〕：

若是宋江打不得祝家莊破，救不出這幾個兄弟來，情願自死於
此地。（612）

梁中書出不得城去，和李成躲在北門城下。（828）

四、助詞二

助詞二「得」放在動詞後面，連接表示程度、狀態的補語。

動詞不帶賓語的用法一直保留到今天：

便去把廳上燈燭剔得明亮。（394）

林沖等的不耐煩。（107）

這個大寺如何敗落的恁地？（73）

武大幾次氣得發昏，也沒人來睬看。（310）

口渴的當不得。（540）

軍士爭先上橋，登時把橋踏得傾圮下來。（1254）

宋江見報了，又哭的昏倒。（1336）

李應問些槍法，見楊雄、石秀說得有理，心中甚喜。（593）

那漢生的圓眼大臉，闊眉細腰。（1220）

遼兵大敗，殺的星落雲散，七斷八續。（1030）

動詞帶賓語的一些格式，有的今天還用，如〔動・得・兼語結構〕：

打的蔣門神在地下叫饒。（358）

你若不依得我，去了，我只咒得你肉片兒飛。（816）

我今只殺的你片甲不回才罷。（1306）

有的今天也還用，但通常多用其他格式，如〔動・得・賓・（不）形〕，今
天多用重複動詞的〔動・賓・動・得・（不）形〕式：

眾人憂得你苦，你卻在這裡瘋！（917）

周謹覷的楊志較親，望後心再一箭。（146）

兄弟，你也害得我不淺！（710）

五、助詞三

助詞三「得」附在動詞之後，既表示動作的完成（實際已經完成或預料、假定完成），又強調動作所得到的結果，姑且稱之爲「時態——結果助詞」。這裡所說的動作所取得的結果，內容有三：a 動作取得了對目的物的影響，b 動作已達到目的地，c 由於動作的完成所造成的新的境遇。

時態——結果助詞是近代漢語特有的。它與「了」有同有異。「了」由動詞「完畢」義虛化而來，僅表時態，因此，不管是及物動詞，還是不及物動詞，一般後面都可以帶「了」。「得」由動詞「取得」義虛化而來，既表時態，又強調結果；正因爲強調結果，所以「得」的前面幾乎全部（98.9%）是及物動詞，不及物動詞僅占 1.1%。「得」與「了」是語法意義不全相同的詞，它們之間很難說是《初探》所說的「以『了』爲主，『得』只是偏用」的通用關係。

根據「結果」的內容，助詞三「得」大致有三類。因爲現代漢語沒有與之完全相等的詞，所以一般只說「大致相當於……」。

1、動作取得對目的物的影響

格式有三：

（1）〔動‧得‧賓〕

「得」分別大致相當於「到」「了」「到了」。

> 你拿得張三時，花榮知也不知？（409）

> 兩個馬頭卻好相迎著，隔不的丈尺來去。（1067）

> 方才吃得兩盞，跳起身來，兩拳打翻兩個嘍羅。（71）

> 便捉的他們，那裏去請賞？（171）

> 今捕得從賊一名白勝，指說七名正賊，都在貴縣。（207）

> 你兩個打聽的些分曉麼？（1054）

（2）〔動‧得‧賓‧趨〕

「得」今天雖可用「了」表示，但必須改用「把」字句，換成〔把‧賓‧動‧了‧趨〕式。

> 那裏捉得這個和尚來。（195）

> 卻得這許多人來搶奪得我回來。（400）

我捨著一條性命，直往北京請得你來，卻不吃我弟兄們筵席，

我和你眉毛相結，性命相撲。（776）

（3）〔動‧得〕

這類沒有出現賓語的格式，賓語可能承前省略，也可能主語是受事，即意念上的賓語。「得」字在今天沒有大致相當的助詞，一般根據語意，將動詞由單音節改用動結式的雙音節，如：報得→報答、拿得→拿到、打得→打下、取得→取到、燒得→燒掉等等。

哥哥從何而來，屈死冤仇，不曾報得。（811）

這兩個武藝不比尋常，不是綠林中手段，因此未曾拿得。（722）

莊又不曾打得，倒折兩個兄弟。（625）

王倫問道：「投名狀何在？」林沖答道：「今日無一人過往，以此不曾取得。」（134）

這幾兩金子值得什麼，須有晁蓋寄來的那一封書，包著這金。……昨晚要就燈下燒時，恐怕露在賤人眼裡，因此不曾燒得。（249～250）

2、動作已經到達目的地

這些動詞多是「入」「進」「出」「回」「去」「到」「過」「走」「離」「上」「下」等。格式有三：

（1）〔動‧得‧賓〕

「得」大致相當於「了」。

星夜回至京師，進得汴梁城。（10）

過得那石壁，亦有大路。（1076）

宋江遂隨童子出的帳房，但見上下天光一色，金碧交加。（1077）

宋江入的櫺星門看時，抬頭見一所宮殿。（525）

（2）〔動‧得‧賓‧方位詞〕

「得」大致相當於「到」、「到了」、「了」。

入得山門裡，仔細看來，雖是大剎，好生崩潰。（73）

進得城中，早是黃昏時候。（37）

三阮奪路便走，急到的水邊。（804）

到的閣子裡坐下。（993）

（3）〔動·得·賓·趨〕

「得」今天雖可大致用「了」表示，但必須去掉賓語後面的趨向動詞。

哥哥前腳下得山來，晁頭領與吳軍師放心不下，便叫戴院長隨

即下來，探聽哥哥下落。（528）

穆弘、李俊上得岸來，隨後二十個偏將都跟上去。（1298）

入的城來，見了御弟大王耶律得重。（1025）

我和你出得城去，只要還我無三不過望。（353）

3、表示由於動作的完成所造成的新的境遇

這些都是不及物動詞，「得」的後面跟趨向動詞，表示新的境遇。「得」今天一般可以用「了」表示。

聽得報說呼延灼逃得回來，心中歡喜。（731）

曾不聽得說有什麼阿叔，那裏走得來？（289）

眾人一哄都奔下殿來，望廟門外跑走，有幾個攧翻了的，也有

閃朒腿的，爬得起來，奔命走出廟門。（523）

林沖掙的起來，被枷礙了，曲身不得。（101）

六、詞素

詞素「得」分別與助詞三、助動詞和助詞一意義相同。在詞素「得」的總次數中，意義與助詞三相同的占 68.6%，與助動詞相同的占 23.4%，與助詞一相同的只占 8%。

1、與助詞三意義相同的

以此類「得」作詞素的合成詞有「聽～」、「認～」、「曉～」、「聞～」、「知～」、「剩～」、「覺～」、「落～」、「識～」、「記～」等，其中以「聽～」出現最多，占本類詞素總次數的 61.2%，其次是「認～」，占 18.9%。

那知府聽得這話，從頂門上不見了三魂，腳底下疏失了七魄。

（915）

小人也聽的人傳說，王倫那廝心地偏窄，安不得人。（192）

破兄長法的人，你認得麼？（1156）

你省的什麼武藝？（15）

我也曾聞得史進大名，若得吾師去請他來，最好。（733）

若還曉的時，也沒這場事。（88）

2、與表「可能」的助動詞意義相同的

以此類「得」作詞素的合成詞有「只～」、「難～」、「恨不～」、「不～已」、「非～已」、「少不～」等，其中以「只～」出現最多，占本類詞素總次數的71.1%。

風又緊，火又猛，眾官兵只得鑽去，都奔爛泥裡站地。（219）

難得宋江哥哥，又不曾和我深交，便借我十兩銀子。（467）

爲被官司所逼，不得已哨聚山林，權借水泊避難。（740）

宋江恨不得一步跨到家中，飛也似獨自一個去了。（433）

3、與助詞一意義相同的

以此類「得」作詞素的合成詞有「了～」、「使～」、「免～」、「不見～」、「直～」、「免不～」等，其中以「了～」出現最多，占本類詞素總次數的40%，「使～」次之，占33.1%。

莊主扈太公有個兒子，喚做飛天虎扈成，也十分了得，惟有一個女兒，最英雄，名喚一丈青扈三娘，使兩口日月雙刀，馬上如法了得。（592）

你便是了的好漢，如插翅大蟲，再添的這夥呵，你又加生兩翅。（1039）

是會的留下買路錢，免得奪了包裹。（535）

莫教撞在石秀手裡，敢替楊雄哥哥做個出場，也不見的。（565）

七、關於「得」「的」通用

《水》中一部分「得」可以通用作「的」。實詞（動詞、助動詞）「得」絕不與「的」通用，與「的」通用的只限於虛詞（助詞一、助詞二和助詞三）和詞素的「得」。虛詞和詞素「得」的總次數中，「得」占 87.7%，「的」占

12.3%。

「得」「的」比例在 1～71 回和 72～120 回中有差別：1～71 回中，「得」占 90%，「的」占 10%；72～120 回中，「得」占 80.8%，「的」占 19.2%。相差率爲 9.2%。這個數據，對研究《水》的作者，從語言角度提供了一個可作參考的資料。

八、幾點看法

《水》中「得」字的上述種種意義和用法，以及「得」「的」通用，可以說明如下一些問題。

1、「得」字的大多數用法，體現了它的虛化，即語法化。

從上述情況可以看出，實詞「得」，跟虛詞「得」及詞素「得」，意義上是有聯繫的，兩者之間的關係不是假借。「得」的發展一方面是進一步豐富了內容，另一方面擴大到虛詞和詞素領域。這與「了」「著」的虛化過程屬於同一類型。《水》中「得」的各種意義和用法，正反映了它的歷史發展的一個斷面。《水》中「得」字總次數中，實詞占 17.8%，虛詞占 52.7%，詞素占 29.5%。這說明，「得」仍然用作實詞（今天也還是這樣），但大多數（82.2%）用作虛詞和詞素，後一部分應該看作是「得」字的虛化。

2、「得」字大量用作虛詞，反映了漢語語法越來越精密，越來越完善。

助詞一和助詞二的「得」連接動詞和補語的各種格式，很大地豐富了漢語的表達形式。近代漢語運用這些格式，就能夠比古代漢語（它是沒有這些格式的）更靈活、準確、細緻地反映客觀事物之間的種種聯繫。這是「得」字在其歷史發展中，爲漢語語法精密化作出的一個極爲重要的貢獻。

3、「得」字相當一部分用作合成詞詞素，構詞能力強，適應了漢語詞雙音節化的發展趨勢，從而豐富了漢語的詞匯。

4、助詞「得」有一部分是同一意義用法的多種格式並存，這種並存反映了新的格式在它的發展前期的不穩定性。這種局面，似乎不可避免，要存在一個相當長的時期，《水》正處於這個時期之中。

《水》中「得」置於動賓之間還是之後，賓語置於動結之間還是之後，置於動趨之間還是之後，否定式中「得」字保留與否，都比較自由，因而出現了種種格式並存：助詞一中的〔動・不・得・賓〕與〔動・賓・不・得〕；〔動・

得‧賓‧結〕、〔動‧得‧結‧賓〕與〔動‧結‧得‧賓〕；〔動‧不‧結‧賓〕、〔動‧賓‧不‧結〕與〔動‧不‧得‧賓‧結〕；〔動‧得‧賓‧趨〕、〔動‧得‧趨‧賓〕與〔動‧趨‧得‧賓〕；〔動‧賓‧不‧趨〕、〔動‧不‧趨‧賓〕、〔動‧不‧趨₁‧賓‧趨₂〕與〔動‧不‧得‧賓‧趨〕；〔動‧不‧結〕與〔動‧不‧得‧結〕；〔動‧不‧趨〕與〔動‧趨‧不‧得〕，等等。

5、然而，「得」字的同一意義用法的多種格式並存的局面，從歷史發展來看，終究要通過逐步規範而結束，這是受語言發展規律制約的必然結果。並存的各種格式中，通常總是其中一種逐漸取得優勢，最後完全取代另一種或另幾種格式。具體來說，近幾百年來，通過「得」置於動賓之間；動結式肯定式賓語置於動結之間；否定式賓語置於動結之後；動趨式賓語置於動趨之後；否定式取消「得」等規範方式，逐步結束上述種種格式並存局面，從而進入格式比較單純的現代漢語。

6、從「得」「的」通用的情況來看，《水》中「得」字的讀音應有兩種：可能一種是正讀，一種是輕讀。

《水》中實詞「得」絕不與「的」通用，這類「得」字的讀音應是正讀，是「得」字按照本身規律發展到近代漢語的正音，即本音。

《水》中只有虛詞「得」和詞素「得」才與虛詞「的」通用，而虛詞「的」又同時與虛詞「地」通用。在中古，「得」「的」「地」三字不同音。《廣韻》：得，多則切；的，都歷切；地，徒四切。在《中原音韻》裡，這三個字的讀音也不相同。按趙蔭棠在《中原音韻研究》（商務印書館，1957 年）中注音：得，入聲作上聲，teI；的，入聲作上聲，tI；地，去聲，tI。這些不同的音都是它們作實詞用的本音。根據同音通用的原則，虛詞「得」和詞素「得」與虛詞「的」通用，虛詞「的」「地」通用，說明通用的「得」「的」「地」三字同音。這個音的具體音值，雖然還有待於作科學的擬定，但至少可以說，它可能是由輕讀引起的，不同於「得」「的」「地」三字本音的新的讀音。

7、帶「得」的某些格式，內部結構不同，但表面形式一樣，需要聯繫上下文才能準確分辨詞義，不然，容易引起誤解。這終究是表達時的一種不便。語言的交際功能要求使用一種更能準確表達意義的新的格式。如「眾人憂得你苦，你卻在這裡風！」（917）「那婆娘只道是張三郎，口裡喃喃的罵道：『這短

命，等得我苦也！』」（243）前一句的「憂得你苦」是〔動·得·賓·形〕式，「苦」的是「眾人」，不是「你」；後一句的「等得我苦」，是〔動·得·兼語詞組〕式，「苦」的是「我」，不是「這短命」的張三郎。兩者內部結構不同，意義不同，但表面形式都一樣：〔動·得·名·形〕。看來，這兩種格式不能很好地爲表達意義服務，勢必沒有多大前途。所以，在現代漢語中，對前者，採用重複動詞的新格式〔動·賓·動·得·形〕（眾人憂你憂得苦）；對後者，則多用「把」（「讓」）字句格式〔把（讓）·賓·動·得·形〕（這短命，把（讓）我等得好苦），這樣的表達就清楚多了。

8、「得」字的多詞類、多意義、多用法，固然豐富了漢語的表達方式（這是主要的），但也引起了它的負擔過重。過重的負擔也會給表達帶來一些不便，這又要求繼續作新的調整。因此，《水》問世後的歲月，「得」字逐漸丟掉了不少「兼職」，如動詞和助動詞的許多意義和整個助詞三都先後消失。這樣，「得」就可以更集中「精力」去準確表達意義了。

9、總之，語言總是處於發展之中，《水》所反映的元明漢語是中古漢語發展的結果，它仍在繼續向前發展。發展的結果，使漢語越來越豐富，越來越精密，越來越完善；繼續向前發展，將使漢語更加豐富，更加精密，更加完善。《水》中「得」字使用情況很好地說明了這一點。

（原載北京大學《語言學論叢》第十五輯，商務印書館，1988 年）

《水滸全傳》的反問句

本文介紹的是《水滸全傳》中反問句的「問」的形式、「反」的內容（否定項目）及其主要特點。材料取自上海人民出版社 1975 年版的《水滸全傳》（以下簡稱《水》）。

一、是非問形式的反問句

《水》中，是非問形式的反問句有 230 多句，其中 39% 不帶反問副詞，61% 帶反問副詞

1.1 不帶反問副詞

這類反問句可分字面肯定的和字面否定的兩小類。

（1）字面肯定的

對字面肯定的句子的反問，實質是加強性的否定。否定的對象主要是動詞，少數是助動詞和能可性助詞，個別為副詞。

a、否定動詞：一般用於推理句，表示「不」或「沒」：

> 干你鳥事！468｜似你方才說時，他們都是沒命的！184｜你等
>
> 小本經紀人，偏俺有大本錢！184

少數用於對已發生動作、行為的評價，表示「不應該」：

> 高衙內說道：「林沖，干你甚事，你來多管。」88

b、否定助動詞：助動詞兒乎全部是「敢」，極個別爲「肯」。

對「敢」的否定，多數是表示「不應該」：

> 那大漢怒道：「我好意勸你，你這鳥頭陀，敢把言語傷我！」387

少數是表態性的推理，表示「不」：

> 休說太師處著落，便是觀察自齋公文來要，敢不捕送？207

這種句子的特點是「敢」後面的動詞前而有否定詞「不」。由於句子否定的對象是「敢」，仍應視爲字面肯定句，理解爲「不敢不捕送」，不能視字面否定句而理解爲「敢捕送」。

對「肯」的否定，句中的動作並未發生，祇是推理，表示「不」：

> 我的兄弟武二，你須得知他性格，倘或早晚歸來，他肯干休？
>
> 310～311

c、否定能可性助詞「得」：

> 今日將威風折了，來日怎地廝殺，且看石子打得我麽？866

d、否定副詞：

> 北京有名恁地一個盧員外，祇值得這一百兩金子？780

（2）字面否定的

對字面否定的句子的反問，也是加強性的否定，不過由於句子本身又有否定詞，也就形成了否定的否定，語意實爲加強性的肯定了。理解時，一般將否定詞去掉就可以。這種句子主要是否定動詞，少數否定形容詞。

> 婆惜道：「呸！你不見鬼來！」251｜這個不是反詩？481｜殺去
>
> 東京，奪了鳥位，在那裏快活，卻不好？不強似這鳥水泊裡？518

這裡需要提一下「險不……」句。一般認爲「險不」是一個詞，意即「險」，由它構成的句子是感歎句；我們認爲，「險不」應是兩個詞，由它構成的句子仍是反問句：

> 眾皆稱「險不誤了兄長之患！」820

1.2　帶反問副詞的

反問副詞主要是「豈」（48%）、「卻」（38%），少數是「不成」（8%）、「難道」（5%），個別爲「詎」（1%）。這幾個詞使用時各有特點。

（1）豈

用「豈」構成的反問句的特點是：

a、多數（66%）用於字面肯定的句子，少數（34%）用於字面否定的句子：

　　我這行院人家，坑陷了千千萬萬的人，豈爭他一個！888｜今日

吳兄卻讓此第一位與林沖坐，豈不惹天下英雄恥笑！227

b、「豈」後可跟助動詞，其他（除「詎」外）各詞都不能：

　　林沖道：「上下方便，小人豈敢怠慢，俄延程途！」102｜豈肯

背主降遼！1047

c、一般都不用於形容詞謂語句，祇有極個別的字面否定的文言句除外：

　　豈不美哉！1325

d、除了多數用於白話句外，還有不少用於文言句：

　　此禽五常足備之物，豈忍害之！1249

（2）卻

用「卻」的反問句有如下一些特點：

a、祇用於字面否定的句子：

　　倘若不從這裡過時，卻不誤了大事！490

b、除主要用於動詞謂語句外，還有不少用於形容詞謂語句：

　　不如帶領老小，跟我上山，一發入了夥，論秤分金銀，換套穿

衣服，卻不快活！546

c、不用於帶助動詞的句子。

d、不用於文言句。

（3）不成

「不成」是一個特別的反問副詞，有「不行」、「不能」這類意思，詞義比較實在。「不成」在一般句子中，可以作詞組使用，但在反問句裡，它的位置在主語或謂語之前，充當狀語，這時已成為一個結構比較緊湊的副詞了。由於「不成」本身就含有否定性的詞素，對由它組成的反問句的理解，也就不同於由「豈」、「卻」構成的反問句，不是將「不成」去掉，而是將它改為「不能」。這種句子的特點是：

a、幾乎全部用於字面肯定的句子，衹有極個別的用於字面否定的句子。

　　若是他抽身便走時，不成扯住他！296｜押司來到這裡，終不成

不入去了！213

b、多數用於比較長的句子：

　　賢弟，這件是人倫大事，不成我和你受用快活，倒教家中老父

吃苦？526

c、不用於形容詞謂語句和有助動詞的句子。

d、不用於文言句。

（4）難道

「難道」跟「不成」相近，也是由兩個實義詞素構成的副詞，對由它構成的反問句的理解，一般都可將它改為「不能」。這種句子的特點是：衹用於字面肯定的動詞謂語句；衹用於白話句；位置在主語前或謂語前：

　　若是他見你入來，便起身跑了歸去，難道我拖住他！296｜他若

也起身走了家去時，我也難道阻當他！296

（5）詎

這是一個典型的文言詞，衹一見於詩句中：

　　神器從來不可幹，僧王稱號詎能安？1323

二、選擇問形式的反問句

選擇問形式的反問句極少，全書不及五例。這類句子，字面雖然提出兩項供人選擇，實際上說話者已確認了其中的一項，另一項衹不過作陪襯而已。隨著選擇問句類別的不同，說話者確認的項目也不同。

2.1　正反選擇問句（即一般所謂反覆問句）形式的反問，說話者確認的是前一項：

　　（燕青）便向身邊取出假公文，劈面丟將去道：「你看，這是開

封府公文不是？」那監門官聽得，喝道：「既是開封府公文，衹管問

怎的？」988～989

2.2　並列選擇問句（即一般所謂抉擇問句）形式的反問，說話者確認的是後一項：

（那兩個人）見了武松，吃了一驚道：「你那個吃了連忽律心、
豹子肝、獅子腿、膽倒包著身軀，如何敢獨自一個，昏黑將夜，又
投器械，走過岡子來！知你是人是鬼？」275

「那兩個人」看到武松在這特別的時間、特別的條件下，走到這特別的地
方（猛虎吃人的景陽岡），肯定這不是「人」（即一般人）所能做到的，故確認
爲不怕虎的「鬼」。

三、特指問形式的反問句

特指問形式的反問句最多，有 1350 多句，使用了 8 個系的 29 個疑問代
詞。

3.1 「誰」系

絕大多數（91%）用「誰」，少數用「誰人」、「兀誰」、「誰個」。都作主語，
本身受否定，表示「沒有人」：

誰耐煩等你？去便同去。35｜這個是此間揭陽鎮一霸，誰敢不
聽他說？451｜若哥哥不坐時，誰人敢當此位？757｜兀誰教大官人
打這屋簷邊過？打得正好，290｜酒後狂言，誰個記得？290

「誰」還可作賓語和定語，表示「任何人」，句中受否定的是動詞：

我就是保人，死了要誰償命？913｜太府又看承得好，卻受誰的
氣？90

3.2 「何」系

絕大多數用「何」（40%）「如何」（53%），少數用「何曾」、「何等」、「何
等樣」。

（1）何

作狀語，表示「不」，否定後面的動詞、助動詞、副詞或形容詞：

這不必你說，何爭你一個人！432｜員外獎譽太過，何敢當此？
894｜勝敗乃兵家常事，何必掛心！695｜他既法可勝你，他若要害
你，此又何難？1156

作賓語，否定前面的動詞，都是「有何不·形」句式：

你們都不要煩惱，我與你央及員外，再住幾時，有何不可！776
～777

作定語，也是否定前面的動詞，不是否定後面的名詞語：

花榮一片聲叫道：「我得何罪！」411｜今被擒來，有何理說！
778

「是何道理」放在句首，表示「沒有理由」：

清平世界，是何道理把良人調戲！87

「何時」是從「沒有時間」的角度否定動詞：

殺我親兄，此冤不報，更待何時！847

（2）如何

絕大多數從原因、理由的角度否定動詞、形容詞，表示「不應該」、「沒有
理由」：

此是家尊親手筆跡，真正字體，如何不是真的！495｜既然沒有
哪叱的模樣，卻如何怕他？315｜今日教場中看了這般敵手，如何不
歡喜？151

少數是從方式、方法的角度否定動詞，表示「沒有辦法」：

今日瘖著肚皮，如何去殺賊？1229

否定助動詞，表示「（於理）不」：

奴家年輕，如何敢受禮？56

否定能可性助詞，表示「不」：

無千萬斤氣力，如何拔得起？86｜既到這裡，如何藏的？1053

（3）何曾

作狀語，從時間角度否定動詞，表示「從來沒有」：

耶耶，我自路上買得這隻雞來吃，何曾見你的雞！588

（4）何等、何等樣

作定語，含有自貶的色彩，表示「不成等樣」：

小人是何等之人，對官人一處坐地？315｜小人何等樣人，敢共
對席？79

3.3 「甚」系

主要用「甚」、「甚麼」，少數用「做甚」、「做甚麼」、「則甚」。

（1）甚

基本上否定動詞：

> 我們自唱歌，干你甚事！922｜放著我和你一身好武藝，愁甚不
> 收留！584

個別的否定能可性助詞：

> 量你是個配軍，做得甚用！481｜量你這個，值得甚的！356

（2）甚麼

多數否定動詞：

> 說甚麼閑語？救你不得！103｜祇要他醫治得病，管甚麼難
> 吃！313｜普達道：「坐甚麼？你去便去，等甚麼？」39

少數否定能可性助詞或助動詞：

> 你這村鳥，理會的甚麼！185｜老蠹物，你省得甚麼人事？858
> ｜量這廝，敢說甚麼！431

（3）做甚、則甚、做甚麼

都從理由、目的角度對動詞否定，表示「沒有理由」、「沒有必要」，放在句子末尾：

> 既有柴大官人的書，煩惱做甚？114｜既不赦我哥哥，我等投降
> 則甚？972｜你買便買，只管纏我做甚麼！140

「做甚麼」還可放在句子的開頭：

> 我又不瞎，做甚麼見不到你？455

3.4 「怎」系

主要使用「怎」、「怎麼」，少數使用「怎生」、「怎的」「怎麼」。

（1）怎

主要否定助動詞，表示「沒有理由」：

> 這個太歲歸來，怎肯干休？319｜文面小吏、該死狂徒，怎敢亂
> 言！862

少數否定動詞，表示「沒有辦法」：

> 寡人怎知此事？995

個別否定能可性助詞：

> 量兄弟一個，怎救的哥哥！201

（2）怎地

多數否定動詞，一般表示「沒有理由」、「不應該」或「沒有辦法」，個別表示對對方很有點「不以爲然」的意味：

> 好塊羊肉，怎地落在狗口裡！291～292｜你屈冤人做賊，詐了
> 銀子，怎地不還？161｜不殺一個人，空著雙手，怎地回去？837｜
> 老爺不陪你，便怎地？588

少數否定助動詞或能可性助詞：

> 李逵心焦，那雙眼，怎地得合？900｜不是這個漢，怎地打的這
> 個猛虎！277

（3）怎的

多數否定動詞，表示「沒有理由」、「不應該」或「沒有辦法」：

> 今日見王慶明晃晃一把刀，在那裏行兇，怎的不怕！1215｜我
> 若不救他時，怎的回寨去見哥哥！546

少數否定能可性助詞：

> 出家人的物事，怎的消受得！564

（4）怎生

主要否定動詞，表示「沒有辦法」：

> 若是今日輸了銳氣，怎生回梁山泊？867

個別否定能可性助詞：

> 宿太尉看了那一班人模樣，怎生推託得！740

（5）怎麼

主要否定能可性助詞：

> 似此怎麼打得荊南？1247

個別否定動詞，表示「不應該」：

> 宋江等真是草寇，怎麼用婦人上陣？1246

3.5 「那」系

絕大多數用「那裏」，少數用「那」，個別用「那個」、「那曾」。

（1）那裏

一般否定動詞，有三種意思：

a、表示「沒有地方」：

> 今若不隨哥哥去同死同生，卻投那裏去！514｜前番戴宗去了
> 幾時，全然打聽不著，卻那裏去尋？662

b、表示「不」或「沒」：

> 那水手那裏睬他，祇顧唱歌。922｜眾軍都祇顧走，那裏有心來
> 迎敵！1377

c、表示「沒有理由」、「不應該」：

> 那裏要教授壞錢！我們弟兄自去整理。169｜常言道：「殺雞焉
> 用牛刀？」那裏消得正統軍自去！1047

還可否定助動詞和能可性助詞：

> 當時卻被小猴子死命頂住，那裏肯放？310｜海闍黎知道是石
> 秀，那裏敢掙扎則聲！578｜武鬆手硬，那裏掙扎得！357

（2）那

多數否定能可性助詞：

> 我們這幾個吃，尚且不夠，那得回與你！｜居民見兩個是軍
> 士，那敢與他別拗！1117

少數否定動詞，表示「沒有地方」或「不可能」：

> 實不瞞押司說，棺材尚無，那討使用？236｜他那裏如今招納資
> 士，那爭你一個？585

（3）那曾

否定動詞，表示「從來沒」：

> 祇見罪人伏侍公人，那曾有公人伏侍罪人！101

（4）那個

作主語，表示「沒有人」：

> 誰人保得沒事，那個帶著酒食走的？1208

3.6 「幾」系

有如下幾個疑問代詞：

（1）幾

祇作定語，表示數量少：

> 奴有幾個頭，敢賺你師父？384～385

（2）幾多

祇作賓語，表示數量少：

> 教師，量這些東西，值得幾多？449

（3）幾時

主要否定動詞，一般表示無法估計的時間：

> 你如今配去陝州，一千餘里，路遠山遙，知道你幾時回來？1205

也表示「沒有」：

> 宋太公道：「宋江幾時回來？」趙能道：「你便休胡說，有人在村口見他從張社長家店裡吃了酒歸來，亦有人跟到這裡。你如何賴得過！」439

還可表示「不要繼續」：

> 已是四更，將及天亮，不上城上，更待幾時！1335

少數否定助動詞：

> 我做獵戶，幾時能夠發跡！29

3.7 「安」「焉」二系

祇「安」「焉」二詞，用於文言語句中，是文言詞。它們專門用於反問，表示「不」或「沒有必要」：

> 吾亦安肯逆天！674｜若是宋兵度嶺之後，睦州焉能保守？1361
> ｜臣量這等山野草賊，安用大軍！833｜殺雞焉用牛刀！1047

四、簡結

綜合上述，我們可以看出如下幾點：

4.1　《水》中反問句的型式，門類齊全，是非問句、選擇問句（包括抉擇間和反覆問）和特指問句都可以用作反問。

4.2　當然，各類反問句的使用頻率相差懸殊，在 1510 多個反問句中，特指問句形式的最多，將近 85%，是非問句形式的很少，約占 15%，選擇問句形式的極少，僅占 0.39%。特指問句形式的反問句之所以使用得特別多，是因爲特指問句可以大量地滿足人們從各個不同角度提問的需要，以它作爲反問句，自然反問的角度也就比其他各類反問句要多得多。

4.3　反問副詞中，傳統的「豈」仍然占主導地位，而近代漢語新興的「卻」、「不成」、「難道」還無法取代「豈」。這不僅體現在總的方面，「豈」的有些用法（如後跟助動詞等）「卻」等還不具備；而且也體現在這些新興詞的內部，各詞的功能都還不完全，如「卻」不用於字面肯定的句子，「不成」極少用於字面否定的句子「難道」則不用於字面否定的句子等等。這說明，反問副詞中，近代漢語新興的口語詞，在《水》中還祇處於上升時期，還沒有達到成熟的階段。

4.4　特指問句形式的反問句中，疑問代詞的時代層次多種多樣，大致有下面三種情況：

a、傳統的詞占絕對優勢，新興的詞用得特別少。這類主要是「誰」系各詞。「誰」是一個古老的詞，是個生命力特強的詞，它能很好地適用各個時期的需要，是漢語發展各個階段共同的口語詞，沒有任何一個詞可以取代它。《水》中也是這樣，「誰個」、「誰人」「兀誰」這些新興詞，使用頻率很低，範圍有限，後來的歷史證明了它們都沒有多大的生命力。

b、傳統的詞力量還比較強大，而新興的詞還不足以與之抗衡。這類主要是「何」系各詞和「怎」、「甚」二系各詞。「何」系各詞，歷史悠久，含量很大，上古即已經常使用。在《水》中，它們的使用次數相當於「怎」「甚」二系各詞使用次數總和的兩倍；自然，「何」有不少用於文言語句，但「如何」則基本上用於口語句。「怎」系和「甚」系各詞都是近代漢語新興的詞，歷史還短，在《水》中，它們的力量還不夠強大，使用次數僅及「何」系的一半，還處於上升時期；但由於它們大致從兩個方面分承了「何」系各詞的任務，從語法精密化的

角度來看，它們適應了語言發展的需要，因而是有生命力的，後來的歷史證明了這一點。

c、近代漢語新興的詞占絕對的主導地位，它們幾乎全部取代了傳統的詞。這類主要是「那」系各詞。它基本上承擔了「安」「焉」二系的任務，也分承了「何」系部分任務。「安」「焉」都只殘存於文言語句中，「何」修飾「時」、「處」，也多用於文言語句。

4.5 《水》中，反問句句尾幾乎不用反問語氣助詞。古代漢語和現代漢語的反問句，句尾常用反問語氣助詞，有時還和反問副詞合用。《水》中，祇有個別的文言反問句用「哉」，口語句裡，用反問語氣助詞的不超過十例，僅及反問句總數的 6.4 膓。反問語氣助詞，一個是「麼」（卻不是乾鳥氣麼？671），一個是「不成「（祇這等饒了你不成：903），其餘 99.6%的反問句都不用反問語氣助詞。《水》中反問語氣助詞，跟疑問語氣助詞一樣。品類如此貧乏，使用如此之少，是否僅僅解釋為作者的言語風格，值得進一步研究。

4.6 反問句實質是起加強否定的作用，其否定對象，從《水》中情況來看，大致可以按如下三個層次來確定。

第一層次：作主語的「誰」系各詞和「那個」。

第二層次：a、動詞「是」，b、動詞「有」，c、助動詞，d、能可性助詞，e、形容詞。在一個句子中，這幾類只出現其中的一項，不能兩項或多項並存。

第三層次：謂語動詞。

有第一層次詞語的反問句裡，往往包含有第二層次或第三層次的詞語，這時，第一層次的詞語受否定，其他層次詞語不受否定；有第二層次詞語的反問句，可以包含第三層次詞語，這時，第二層次詞語受否定，第三層次詞語不受否定；反問句中只有第三層次詞語時，第三層次詞語才受否定。

4.7 反問句否定作用的含義多種多樣；對第二層次各詞，可以加否定詞「不」「沒」，如字面有否定詞時，否否為正，去掉字面的否定詞。對第一層次各詞，表示「沒有人」。對第三層次的多數場合，有的表示「不能」、「不可」、「沒有辦法」，有的表示「不應該」、「沒有理由」，有的表示「沒有必要」，有的表示「沒有進行」、「不要繼續進行」，有的表示無法估計的時間，有的表示「沒有地方」，有的表極言其少，有的表取此舍彼，有的表示自貶或他貶，等等。這樣，

大大地增強了語言的表達功能。

4.8 傳統詞與新興詞並存，新興詞同系或同功能的多詞並存，體現了《水》中反問句的從古代漢語到現代漢語發展過程中的近代漢語過渡特色。《水》以後的漫長歲月，除個別傳統詞（如「誰」）很好地適應時代需要而繼續使用外，不少傳統詞（如「何」系各詞和「豈」）逐漸退居到書面語地位，新興詞則經過篩選、規範（如「甚」「怎」二系各詞和「卻」、「不成」）而占居統治地位，逐漸形成了現代漢語的反問句體系。

（原載《安慶師範學院學報（社會科學版）》1989 年第 3 期）

《水滸全傳》中的讓步複句

本文介紹的是《水滸全傳》中讓步複句的關聯詞，句子格式以及有關的一些情況。材料的依據是上海人民出版社 1975 版的《水滸全傳》（下文均簡稱爲《水》），例句後面標注的數字：前一個指回數，後一個指頁碼。

一

首先要明確讓步複句的性質和作用。

讓步複句使用於這樣的場合：原來已有在情況 A 下的結果 X：爲了強調或突出這個結果 X 的無庸懷疑或不可動搖，便退一步設想在一種與 A 性質不同或程度差別極大的情況下，結果同樣是 X，而不是「理所當然」的 Y，可以圖示於下：

情況 A→結果 X

（卻是）

情況 B→結果 Y

（本應）

請看如下兩例：

休説張團練酒後，便清醒白醒時，也近不得武松神力。（三一·373）。

原來有情況 A（「張團練酒後」）的結果 X（「近不得武松神力」），爲了強調這個結果 X，便退一步設想了情況 B（「〔張團練〕清醒白醒時」），結果同樣是 X，而不是 Y（「近得武松神力」）。這是情況 B 與情況 A 性質不同的例子。

休說三件，便是三百件，我也依得。（二九‧358）

本來情況 A（「要我依三件事」）有結果 X（「我依」），爲了強調這個結果 X，便退一步設想了情況 B（「要我依三百件」），結果同樣是 X，而不是 Y（「我不依」或「我依不得」）。這是情況 B 與情況 A 程度相差極大的例子。

這樣看來，讓步複句與假設複句、轉折複句就有交叉之處：即偏句（情況）是假設，正句（結果）與偏句的意思相反或相背，不是「理所當然」的 Y，而仍然是 X，既有假設，又有轉折。但是讓步複句又與假設複句，轉折複句不同：假設複句是結果（正句）和假設（偏句）一致，不相背；轉折複句是敘述已經實現的事實，而不是假設。

弄清讓步複句與假設複句、轉折複句的異同，對準確理解讓步複句的性質和作用意義重大。我們既不能把讓步複句歸爲假設複句，也不能把讓步複句歸爲轉折複句，因爲假設複句或轉折複句都無法起到讓步複句的作用，也就是說，都無法像讓步複句那樣強調或突出正句結果的眞實性、堅定性。

正因爲讓步複句跟假設複句、轉折複句有著質的差別，因此，它們的表達形式也不同，無論是關聯詞語、句子格式以及其他方面，都是如此。

二

前面談到，讓步複句與假設複句、轉折複句雖有聯繫，但有質的差別。既然如此，它就必須採用能夠反映這種特點本質的關係詞；這種關聯詞，既不同於假設複句的，又不同於轉折複句的，也不是這兩者的相加。

《水》中讓步複句使用的關聯詞分兩類：一是連詞，它用於偏句；一是副詞，它用於正句。

（一）關聯連詞

《水》中讓步複句所使用的關聯連詞共有 12 個。這些詞都充分體現了「退一步」和「假設」這兩個特點，和單純表示假設的連詞「如」，「若」，「如若」等不同。這 12 個連詞的語法意義相同，但在使用頻率，時代色彩及在句中的位

置等方面還是有差別的。

先看使用頻率和時代色彩。

各連詞的出現次數及其占總次數的百分比如表一：

表一

	便	便是	就	就是	遮莫	縱	縱使	總	總是	總然	雖	雖是	合計
次數	92	30	1	2	2	3	6	1	1	1	3	1	143
%	64.4	20.9	0.7	1.4	1.4	2.1	4.2	0.7	0.7	0.7	2.1	0.7	100

「便」「便是」是近代漢語通用的口語詞，因而使用次數最多，共占總次數的 85.3%，與其他 10 詞的比例爲 5.8：1。

「就」「就是」作爲連詞，出現的時代比「便」、「便是」要晚，當然也是口語詞。在《水》中，才占總次數的 2.1%，這說明還處於萌芽時期。

「遮莫」可能是出現於當時口語中的方言詞，《水》中用得極少。

「縱」「縱使」「總」「總是」「總然」「雖」「雖是」各詞出現的年代遠遠早於「便」「便是」，上古即已使用。《水》中用得極少，且一般用於文言語句。無疑，它們都是文言詞。

總之，《水》中，讓步複句使用的連詞是以口語詞爲主（88.8%），以文言詞爲次（11.2%）。

再看各連詞在句中的位置。

這裡所說的位置，是指對主語而言，也就是說：哪些連詞只能在主語之前，哪些連詞只能在主語之後，哪些連詞既能在主語之前，又能在主語之後。

先看最主要的兩個詞：「便」和「便是」。

「便」只用於主語之後：

> 你便有一萬人馬，也近他不的。（六一‧768）

> 他便不來時，我也安排你一世的終身盤費。（八‧98）

「便是」只用於主語之前：

> 便是京師天子殺人，也放人看。（四○‧499）

> 便是留守相公自來監押時，也容我們說一句。（一六‧183）

有的「便是」後面直接跟動詞：

便是要我的眼睛，也剜來與你。（二五・311）

這裡只能看作是連詞後面的主語省略，而不能看作它在主語之後，因為，所有出現主語的句子裡，從來沒有「便是」放在主語後面的。

有時，「便是」後面只跟一個名詞或名詞語，這時要仔細辨別如下兩種情況：

a、「便是」是兩個詞，即連詞「便」和動詞「是」，名詞是「是」的賓語。

便是鐵石人，也勸得他轉。（五・64）

這例的主語是被省略了的「他」，如果補上，「他」即在「便」的前面，下面就是「便」前沒有省略主語類似的例子：

你便是鎮萬山，也要三千兩買路黃金；沒時，不放你過去。（三四・413）

b、「便是」是一個詞，即連詞。

你這鳥男女，好不識人，期負老爺獨自一個，要換座頭。便是趙官家，老爺也彆鳥不換。（三五・431）

這例「便是」後的「趙官家」是主語，後面省略了謂語「要換座頭」。因此，「便是」是連詞。

王婆笑道：「若要我饒恕你們，都要依我一件事。」那婦人道：「休說一件，便是十件，奴也依乾娘。」（二四・303～304）

這例的「便是十件」應是「便是乾娘要奴依十件」的省略式，「便是」也是連詞。這類句子也可以用其他連詞，如：

朱仝道：「若要我上山時，依得我一件事，我便去。」吳用道：「休說一件事，遮莫幾十件，也都依你。」（五一・649）

這例的「遮莫幾十件」和上例的「便是十件」結構完全相同。「遮莫」當然只是一個詞，不可能拆開為兩個詞，那前例的「便是」也是一個詞，應是無疑的了。

其他幾個連詞，因為出現的次數都極少，很難就這些有限的句子來說明它們的位置問題。不過有的還是可以肯定，如：

「縱使」既可用於主語之前，也可用於主語之後：

縱使宋朝負我，我忠心不負宋朝。（八五‧1039）

將軍縱使赤心報國，建大功勳，回到朝廷，反坐罪犯。（八五‧
1037～1038）

「總然」可用於主語之前：

總然妻子有些顏色，也無些甚麼意興。（四五‧566）

（二）關聯副詞

《水》中讓步複句使用的關聯副詞只有「也」和「亦」兩個，共出現162
次。「也」有155次，占總次數的95.7%，是口語詞；「亦」有7次，僅占總次
數的4.3%，是文言詞。它們都只用於主語之後：

便到官府，我也只是這般說。（二六‧324）

若是他日罪上酆都，吾亦不能救汝。（四二‧526）

只有一句例外：

休言你這廝鳥蠢漢！景陽崗上那隻老虎，也只三拳兩腳，我兀
自打死了。（三〇‧359）

這裡是為了強調「三拳兩腳的不費氣力」，而連「也」一道提前。這可以看
作是適應修辭的需要。

三

《水》中讓步複句，根據是否使用關聯詞及關聯詞的多少，可以有如下四
種格式（A代關聯連詞，B代關聯副詞，0代無關聯詞）。

（一）A……，B……

這種格式使用的關聯連詞有除「總」外的11個，關聯副詞有「也」和
「亦」。

你便招了，也只吃得有數的官司。（六二‧779）

便是發露到官，也只該個徒流之罪。（三五‧437～438）

就要一滴水，也沒喝處，那討酒食來？（一〇九‧1273）

莫說那幾個鳥漢，就是殺了幾千，也打甚麼鳥不禁！（九三‧
1122）

休說一件事，遮莫幾十件，也都依你。（五一‧649）

久後縱無功賞，也得青史上留名。（八五‧1039）

縱使招安，也看得俺們如草芥。（七五‧921）

縱使受此金珠，亦無用途。（八五‧1041）

總然妻子有些顏色，也無些甚麼意興。（四五‧566）

總是有十分英雄，也躲不得這般的箭矢。（一一八‧1374）

欲報父仇，雖粉骨碎身，亦所不辭。（一○○‧1189）

雖是段太公，也不敢拗他。（一○四‧1224）

（二）A……，0……

這種格式使用的關聯連詞有「便」「便是」「遮莫」「縱」「縱使」「總」「雖」七個。

林沖便掙扎得回來，誓不與娘子相聚。（八‧97）

便是武二回來，待敢怎地？（二五‧311）

遮莫做下十惡大罪，既到敝莊，但不用憂心。（二二‧264）

你這般瘦小身材，縱有本事，怎地近傍得他？（七四‧908）

縱使得活，有何面目見咱？（八八‧1074）

無賄賂投於門下者，總有大功於國，空被沉埋，不得升賞。（八五‧1037）

雖死而不怨。（二七‧332）

（三）0……，B……

這種格式使用的關聯副詞有「也」「亦」二個。

再著兩個來，也不懼他。（三○‧369）

以臣鹵鈍薄才，肝腦塗地，亦不能報國家大恩。（一一九‧1399）

（四）0……，0……

老子今世不能報答，後世做驢做馬，報答押司。（二一‧249）

若爲父親，死而無怨。（四二‧520）

上面四種格式的使用次數及其占總次數的百分比如表二。

表二

	A……，B……	A……，O……	O……，B……	O……，O……	合計
次數	111	32	49	16	208
%	53.4	15.4	23.5	7.7	100

從《表二》可以看出，全不使用關聯詞的讓步複句極少，只占 7.7%，這些主要是文言句式。總數的 92.3% 都需要使用關聯詞，而且又以連詞和副詞合用的格爲主。這些說明，讓步複句要能準確地表達語氣，必須使用關聯詞。關聯詞是構成讓步複句的關鍵。這也是語法越來越精密的反映。

四

下面再談讓步複句的其他幾個問題。

（一）主語的出現與省略

《水》中讓步複句的主語，有的必須出現，有的可以省略。有如下四種情況：

1、主……，主……

這類複句全是偏句和正句的主語不相同的。兩個主語都出現，不僅含有兩兩對舉的意味，更重要的是爲了句意的確準表達。

> 俺便不及關王，他也只是個人。（四‧55）

> 便是你使蒙汗藥在裡面，我也有鼻子。（二三‧270）

這兩個例子的正句主語（「他」、「我」）和第一例的偏句主語（「俺」）都不能省略；如果省略，句意受到歪曲，甚至無法理解。至於第二例偏句主語（「你」），如果省略，理解起來就不像不省略那麼直截、快當。

2、……，主……

這類複句都是偏句省略的主語和正句出現的主語不相同的。正句的主語如果不出現，對句意的表達沒有甚麼大的妨礙；它之所以出現，是含有對主語強調的意味。這種主語都是指說話者自己，少數是用第一人稱代詞，多數則是用姓名或一般名詞。

> 便有誓書鐵券，我也不怕。（五二‧654）

> 便是一刀一割的勾當，武松也替你去幹。（二八‧349）

便殺了朝廷的命官，劫了府庫的財物，柴進也敢藏在這裡。（二二·264）

路上便有些個草寇出來，小人也敢發落的三五十個開去。（六一·766～767）

休道這兩個鳥人，便是一二千軍馬來，洒家也不怕他。（五·67）

3、主……，……

這類複句大多數（四分之三）是偏句主語和正句省略的主語相同：

他便曾插翅飛上天去，也走不脫了。（四二·522）

便是宋江，倘有過失，也須斬首。（四七·598）

少數（四分之三）是偏句主語和正句省略的主語不相同：

高太尉便叫你我死，也只得依他。（八·100）

便是趙官家駕過，也要三千貫買路錢。（三四·413）

這些例子偏句主語需要出現，因為這可以免去聽者或讀者對主語所指的具體內容的思考；正句主語，聽者或讀者自明，無須出現。

4、……，……

如果沒有前面三類格式中主語出現的需要，對話中都可以省略主語，避免句子的累贅。

便趕得著時，也問他取不成。（五·72）

便是大宋皇帝，也不怕他。（三五·431）

久後縱無功賞，也得青史上留名。（八五·1039）

這四種類型的出現次數及其占總次數的百分比如表三：

表三

	主……，主……	……，主……	主……，……	……，……	合計
次數	6	16	48	138	208
%	2.9	7.7	23.1	66.3	100

從表三可以看出：偏句和正句主語都出現的只是極個別的現象，偏句和正

句主語都省略的佔了三分之二，只省略偏句或正句主語的約占三分之一。這些說明，讓步複句由於幾乎全是使用於對話的場合，除了少數爲了強調或避免曲解主語需要出現外，只要對話雙方都能理解，偏句和正句的主語都可以省略，這也是語言精練的要求。

（二）緊縮句

和其他複句一樣，讓步複句也可以有緊縮句。

緊縮句的「緊」，就是「緊湊」，是對偏句與正句之間的停頓而言；緊縮句的「縮」，就是「縮略」「省略」，是對偏句和正句組成的各個部分而言。「緊」是結果，「縮」是手段。這樣，緊縮句就可以理解爲：通過對偏句和正句各個組成部分的省略，使得原來有停頓的兩個分句成爲一個沒有停頓的形式上類似單句的句子。這裡，「緊」是緊縮句的根本標誌。因爲在言語活動中，兩個分句的各個組成部分或多或少都有省略，但省略的結果並不都「緊」，大多數分句之間仍然有停頓，這樣的句子自然不能認爲是緊縮句。《水》中讓步複句也是這樣，眞正「縮」而「緊」的緊縮句並不多，不到總句數的四分之一。

由於緊縮句的關鍵在於分句之間沒有停頓，至少如下一些句子不能成爲緊縮句。

a、正句出現主語的。正句中主語的出現，往往含有對主語強調的意味，這自然前面的偏句之後需要停頓。

> 再要多些，我弟兄們也包辦得。（一五・169）

> 若是他無心戀你時，你便身坐在金銀堆裡，他也不睬你。（二一・248）

b、偏句末尾有語氣助詞「時」的。語氣助詞「時」放在含有假設語氣的偏句末尾，相當於現代漢語的「的話」。有這類助詞的偏句，自然需要停頓。

> 便趕得著時，也問他取不成。（五・72）

> 休說恁地好買賣，便不開店時，也養叔叔在家。（四五・563）

c、偏句和正句都很長的。由於長，說起來自然要停頓。

> 你便尋我過失，也不到得死。（三八・463）

> 便是哥哥與兄弟同死同生，也須累及了花榮知寨不好。（三

二・392）

休說壞了金鋼，便是打壞了殿上三世佛，也沒奈何，只可迴避

他。（四・58）

《水》中讓步複句的緊縮句一般來說都很短，兩個句子的謂語多是單個單音節動詞或形容詞。文言語句多是緊縮句：

死而不怨。（七四・914）

萬死猶輕。（六九・863）

只此便割何妨！（一一〇・1285）

白話句也有這樣的句子：

夢著也怕。（七五・925）

俺死也不走。（五・67）

便死也不怕。（二六・328）

有些緊縮句，偏句往往只剩下除主語外的一個名詞或名詞語：

一世也不走。（八・102）

楊志空手也去了。（一二・137）

我半點兒也不吃。（二八・347）

這些句子，容易被看作單句，認爲其中的「一世」「空手」是狀語，從時間、方式的角度修飾動詞，認爲「半點兒」是謂語小句的主語。這樣的理解雖然也講得通，但不是原意。我們說它們是緊縮句，關聯副詞起了關鍵作用。如果補上縮去的成分，則分別爲「我便在此一世，我也不走」，「便是楊志空著手，楊志也去了」，「便是要我吃半點兒，我也不吃」。

有的緊縮句，偏句的賓語和正句省略的主語相同，往往容易理解爲偏句無賓語或賓語省略：

哥哥殺我也不怨，剮我也不恨。（七二・884）

有的緊縮句，雖然偏句稍長些，但正句極短；或者雖然正句稍長些，但偏句極短。

哥哥便不做得買賣也罷。（二四・289）

便陪他吃官司也不妨。（二六・325）

你便賠我十兩銀子也不濟。（四六・588）

想殺也不能見面。（四一・515）

至死也不說與你。（一一三・1319）

（三）正句為反問句

《水》中，讓步複句的正句百分之九十是陳述句，只有百分之十是反問句。正句使用陳述句和使用反問句的區別，可以從作用和語法特點兩方面考察。

1、作用

讓步複句的作用，如前所述，是為了強調正句所表示的結果。由於有關聯詞的配合，正句一般使用陳述句就可以了。但正句如果使用反問句，將使得這種強調更為突出，因為反問句本身也起強調作用。請看下面三組例子：

便差一兩歲，也不打緊。（二四・292）

便罵你這三家村使牛的，打甚麼緊？（五一・641）

便有大蟲，我也不怕！（二三・271）

便造反，怕怎地？（四一・518）

你便有一萬人馬，也近他不的。（六一・768）

縱有本事，怎地近傍得他？（七四・908）

這些例子中的「也不打緊」、「我也不怕」和「也近他不的」，本來已經很強調的了，而用「打甚麼緊」、「怕怎地」和「怎地近傍得他」這樣的反問形式，也就進一步加強了強調的作用。

正句使用反問句，在表進一步強調作用的同時，還能彌補陳述句在表達內容方式的某些不足，因為有的疑問代詞能代謂語動詞，它的容量大，而陳述句卻不便表達，如：

便是主人家娘子，待怎地？（二九・356～357）

便是武二回來，待敢怎地？（二五・311）

2、語法特點

《水》中，正句為反問句的讓步複句，都不適用於「O……，B……」式和「O……，O……」式，而是絕大多數（90%）採用「A……，O……」式：

便是觀察自齎公文來要，敢不捕送？（一八・207）

你便是哪吒太子，怎逃地網天羅？（五八‧735）

只有少數（10%）用「Ａ⋯⋯，Ｂ⋯⋯」式：

便道那廝們全夥都來也，待怎生！（五七‧717）

這樣，可以說，正句為反問句的讓步複句的語法特點是：偏句必用關聯連詞，正句基本上要用關聯副詞。

五

最後和現代漢語作些簡要的比較。

《水》所使用的語言，基本上反映了元明時代近代漢語的面貌。現代漢語是對近代漢語繼承和發展的結果，作為語言的組成部分之一的讓步複句自然也是這樣。《水》中讓步複句的一些基本內容（如一般要使用關聯詞，並且以偏句和正句同時使用為主，關聯副詞只有「也」，等等），現代漢語都繼承了下來，但有些方面現代漢語又有了發展，主要有如下幾點。

1、具體的關聯連詞有了更換：《水》中使用的「便」「便是」已經為現代漢語的「就是」「即使」「就算」等取代。「便」「便是」在現代漢語中只是書面語，而且用得極少。

2、《水》中關聯連詞，就使用頻率來說，單音節的「便」等還占極大的優勢（70%），雙音節的「便是」等詞還處於次要地位（30%）；在現代漢語中，幾乎全部是雙音節的「就是」、「即使」等詞，完成了由單音節發展到雙音節的質的變化。

3、《水》中「便」和「便是」使用的條件還有限制（「便」不用於主語前，「便是」不用於主語後），現代漢語只有用得極少的「就」還保留「便」不用於主語前的限制，而基本的關聯連詞「就是」「即使」等詞都沒有這種限制，它們既可在主語之前，又可在主語之後。

4、《水》中讓步複句使用的格式中，「Ａ⋯⋯，Ｂ⋯⋯」式雖然多於其他三種，但還只占總次數的一半多一點（53.4%）；現代漢語中，幾乎全部採用「Ａ⋯⋯Ｂ⋯⋯」式，極少使用其他三種格式。

5、讓步複句正句為反問句時，《水》基本上不用關聯副詞，即使個別用的也只是「也」，而現代漢語基本上都用關聯副詞，並且關聯副詞不是

「也」，而是「又」，如：「別說你一個，就是五十個又怎樣？」

這些說明，《水》中讓步複句顯示了漢語語法的越來越精密，發展到現代漢語就更加精密了。

（原載日本《中國語研究》1989 年第 31 號）

《水滸》中的積極被動句——「蒙」字句

《水滸》中的被動句，主要是『被』字句和『吃』字句，這些向熹先生已有專門論述（《語言學論叢》第二輯）。這些「被」字句和「吃」字句一股都是表示主語受到損害，動詞對主語來說，是不愉快的，不好的（當然並非全是如此）。這種被動句我們稱之爲消極被動句。《水滸》中，表示被動的還有有另外一種句式——「蒙」字句。這種句式，至今尚無人論及，這也許是由於人們籠統地認爲「蒙」是一個表敬副詞的緣故吧。其實，絕大多數的「蒙」都不是表敬副詞，也不是動詞，而是與表被動的「被」、「吃」一樣，是介詞，作用和語法特點基本相同。「蒙」字句和「被」字句「吃」字句一樣，都是被動句；不同的是，「蒙」字句中，動詞對主語來說，是愉快的、好的。這種被動句可稱之爲積極的被動句。

下面根據對《水滸》（依據的是上海人民出版社 1975 年版的《水滸全傳》的考察，將「蒙」字句的情況作些簡單的介紹。目的在於給「蒙」及「蒙」字句定性。

《水滸》中的「蒙」，的確有的是作表敬副詞的，如：

若蒙將軍慨然歸順，肯助大遼，必當建節封侯。1043

俺郎主知道將軍實是好心的人，既蒙歸順。怕他宋兵做什麽？
1044

王倫起身把盞，對晁蓋説道「感蒙眾豪傑到此聚義，只恨敝山
小寨，是一窪之水，如何安得許多眞龍……」225

這些例句中。如果去掉「蒙」（「若將軍慨然歸順」、「既歸順」、「眾奈傑到
此聚義」），句子仍能成立，並且基本意思沒有變化，祇是少了一點表敬的感情
色彩而已。

《水滸》中，也有的「蒙」是勸詞，表示受到、得到的意思並含有表敬色
彩。例如：

喬某蒙二位先鋒厚恩。銘心鏤骨，終難補報。1277

宋某等蒙太尉厚恩，雖銘心鏤骨，不能補報。1101

宋江再拜懇謝道：「多蒙龍君神聖救護之恩，未能報謝，望乞靈
神助威……」1369

這些例句中、名詞性詞組。「厚恩」「龍君神聖救護之恩」都是「蒙」的賓
語，句子如果去掉了「蒙」（「喬某二位先鋒厚恩」、「宋某等太尉厚恩」、「多龍
君神聖救護之恩」），句子無法成立，這樣的「蒙」當然是動詞。

但是，上述兩類（副詞、動詞）的「蒙」用得很少，在《水滸》的「蒙」
字句總次數（近百次）中，合起來約占 15%，祇是很小的一部分。

《水滸》中，絕大多數（約占 85%）「蒙」字句中的「蒙」是另外一種情
況，它們和表示被動的介詞「被」、「吃」一詳，是表示被動的介詞。

我們可以就作用和用法兩個方面將「蒙」和「被」、「吃」作些簡要的比較。

一、作用方面

介詞「被」、「吃」的作用是引進動作的施動者，讓前面的主語成爲受動者，
因而使主動句成爲被動句。

國家被我們憂害。889

快依我口便罷，休教哥哥得知。你吃人打了，他肯乾罷？453

第一例「被」引出動作（「憂害」）的施動者「我們」，主語「國家」則是動
作的接受者，如改爲主動句則是「我們憂害國家」。第二例「吃」引出動作（「打」）
的施動者「人」，主語「你」則是動作的接受者，改成主動句則是「人打了你」。

再看「蒙」字句：

小弟蒙兄長差遣，到晉寧。1153

楊志舊日經過梁山泊，多蒙山寨重義相留。728

第一例「蒙」引出動作（「差遣」）的施動者「兄長」。主語「小弟」是動作的接受者；第二例的「蒙」引出動作（「相留」）的施動者「山寨」，主語是承上省略的「楊志」，則是動作的接受者。這兩句都可以改爲主動句「兄長差遣小弟」，「山寨重義相留楊志」。

由此可見，在作用方面，「蒙」和「被」、「吃」完全相同。

二、用法方面

「蒙」和「被」、「吃」不僅作用相同，而且在一些主要用法上也相同。被動句在用法方面有兩個主要問題，即介詞的賓語和動詞的賓語出現與否。

1、介詞賓語

被動句中，介詞的作用是引進動作的施動者（即主動句的主語），因此，介詞後面一般都出現賓語，「被」、「吃」是這樣，「蒙」也是這樣，例如：

家中人都被他打傷了。898

我吃這婆子釘住了，脫身不得，244

某等蒙先鋒收錄，深感先鋒厚恩。1233

今日蒙恩相抬舉，如撥雲見日一般。143

第一例和第二例的「他」、「這婆子」分別是介詞「被」、「吃」的賓語，同祥，第三例和第四例的「先鋒」、「恩相」都是介詞「蒙」的賓語。

但是，也有少數的介詞「被」、「吃」由於種種原因，賓語可以省略，這時，介詞與動詞直接相連；「蒙」也有這種情況。例如：

黃安已被活捉上山。235

小嘍囉道：「二哥哥吃打壞了。」67

適蒙呼喚，不敢不至。443

童貫道：「重蒙教誨，不敢有息。」928

2、動詞賓語

被動句中，因爲動詞的原賓語已被提到句子前面充當主語，所以，動詞後面一般都沒有賓語了。這方面，「被」、「吃」的被動句是這樣，「蒙」字句也是

這樣。例如：

> 多少好漢，被蒙汗藥麻翻了。185

> 李建吃宋江逼住了。656

> 燕青道：「既蒙錯愛，小人回店中，取了些東西便來。」992

> 小人得蒙恩相抬舉，安敢推故？287

第一例「被」字句和第二例「吃」字句的動詞語「麻翻」、「逼住」不再帶賓語，第三例、第四例「蒙」字句的動詞「錯愛」、「抬舉」也不再帶賓語。

當然，「被」字句、「吃」字句中的動詞有的也可以再帶賓語，但這賓語都與動詞的原賓語（即主語）有某種聯繫，「蒙」字句也有這種情況。例如：

> （洒家）來到孟州十字坡過，險些被個酒店婦人害了性命。193

> 我們祇宜走了好，倘或這廝得知，必然吃他害了性命。453

> 柴某自蒙兄長高唐州救命已來，一向累蒙仁兄顧愛，坐享榮華。

> 1326

第一例「被」字句中動詞「害」後帶有賓語「命」，這個「命」是屬於該句承前省略了的主語「洒家」所有的；同樣第二例「吃」字句動詞「害」的賓語「命」，是屬於該句承前省略了的主語「我們」所有的；第三例的「蒙」字句中的動詞「救」的賓語「命」也是屬於主語「柴某」所有的。又如：

> 小弟又被他痛打了一頓。368

> 只說武大郎自從武松說了去，整整的吃那婆娘罵了三四日。290

> 武松慌忙答禮，說道：「小人是個治下的囚徒。自來未曾拜識尊

> 顏，前日又蒙救了一頓大棒，⋯⋯」348

第一例「被」字句和第二例「吃」字句中動詞後帶的賓語「一頓」和「三四日」，都分別是說明動作「打」、「罵」程度的數量補語；同樣第三例「蒙」字句動詞後也帶賓語「一頓大棒」它也是說明動作「救」程度的數量補語。

我們說被動句，不是指僅僅意念上有被動的句子（如「飯吃了」、「信寄走了」），而是指語法上的被動句子，即有表被動的語法標誌的句子。上述的作用和用法都是屬於語法範疇，這些方面都相同，「被」和「吃」是表被動的介詞，那「蒙」也應是表被動的介詞；「被」字句和「吃」字句是被動句，「蒙」字句

自然也是被動句，這該是沒有什麼疑問了。

當然，「蒙」字句和「被」字句、「吃」字句也有區別。這種區別不是本質（語法）上的區別，而祇是感情色彩意義和具體使用方面的區別。

「被」、「吃」含有不幸色彩，因此一般用於對主語不利的句子，成爲消極的被動句；而「蒙」則含有可幸的色彩，因此全部用於對主語有利的句子，成爲積極的被動句。

由於感情色彩的不同，因而使用範圍也有些差別。「蒙」的有幸的感情色彩，使得它一般只用於主語表示對施事者感激或者需要對施事者表示禮貌性質的謙遜的場合。這種場合往往需要使用典雅、莊重的語言。再加上「蒙」本身比較「文」。因此，「蒙」字句基本上是文言語句或者文言色彩較濃的語句，即使少數爲白話句，也還帶有某些文言味兒，例如：

> 蒙將軍救了女兒，滿飲此杯。1122

> 又蒙救了老母的病患，連日管顧，甚是不當。021

「被」、「吃」的不幸色彩使得它使用範圍寬的多。「被」一般白用於話句。「吃」則全部用於白話句。

也正因爲使用範圍有別，所以使用頻率相差很大。在消極被動句和積極被動句的總數（一千一百來個）中，前者約占93%。後者祇約占7%，儘管「蒙」字句占的比例不大，但它畢竟是一個不可忽視的語言事實。

語言中被動句的消極與積極之分，也是符合人們生活實際的。人們生活中，遇到的事總是有不幸的，也有幸運的；有壞的，也有好的，這勢必會反映到語言中來。因此，給「蒙」字句正名，立爲積極被動句，而將「被」字句、「吃」字句稱爲消極被動句，是合情合理的，是符合語言實際的。

當然，本文所介紹的僅僅是《水滸》語言的情況。至於，《水滸》以後，「蒙」字句爲何越來越少，以至現代漢語幾乎不再使用。現代漢語中有沒有積極被動句？有的話，是什麼形式？沒有的話，那些積極被動的內容又怎麼表達，這些都是有趣的問題，也是有意義的問題，很值得好好地考察和研究。

（原載《安慶師範學院學報（社會科學版）》1990 年第 1 期）

《水滸全傳》中的虛詞「便」與「就」

　　對近代漢語的虛詞「便」與「就」，梅祖麟、曹廣順諸先生作了有益的研究。爲了有助於這種研究的深入，本文特介紹《水滸全傳》的虛詞「便」與「就」的使用情況，比較它們的異同，考察它們彼此間的關係。

　　本文依據的是上海人民出版社 1975 年版的《水滸全傳》。爲行文方便，下文將書名簡稱爲《水》，在例句的後面標出出自該書的頁碼。

一、使用情況

（一）「便」「就」的詞類分佈

　　《水》中，「便」系有「便」、「便是」、「便了」三詞，「就」系有「就」、「就是」二詞，它們分別屬於副詞、連詞、介詞和助詞四個詞類。各詞的所屬具體詞類及其出現次數如表一。

表一

	副　詞		連　詞		介　詞		助　詞		合　計	
	次數	%	次數	%	次數	%	次數	%	次數	%
便	3439	90.8	116	64.4					3555	80.7
便是	347	9.2	56	31.1	331	100	28	26.4	84	1.9
便了			5	2.8			78	73.6	78	1.8

就			3	1.7					683	15.5
就是									3	0.1
合計	3786	100	180	100	331	100	106	100	4403	100

（二）各詞類中「便」「就」的使用情況

1、副詞

「便」「就」二詞用作副詞，有如下一些語法意義。

（1）表示後一動作緊接著前一動作發生。

> 洪教頭喝一聲：「來！來！來！」便使棒蓋將來。112

> 一夥好漢吶聲喊，殺將入去，就把毛太公、毛仲義，並一門老

> 小，盡皆殺了，不留一個。624

第一例的後一動作「蓋」是接著前一動作「喝」而發生的，第二例的後一動作「殺」則是接著前一動作「殺將入去」發生的，都是前後兩個動作在時間上連接得緊。

「便」的後面也可以祇跟獨個的單音節動詞：

> 張順吃了一碗飯，放倒頭便睡。813

（2）表示動作在很短的時間內即將發生。

> 大哥，你便寫書與我去，祇今日便行。379

> 我過三五日，便回也。775

> 有書在此，少刻便知。117

> 少弟即刻便領兵追趕。1149

> 兄弟便回，免得我這裡放心不下。1095

多數的情況下，都需要對「很短時間」具體、確切地點明，所以「便」「就」一般都有表時間的詞語，如第二、三兩例中的「便」和第一例中後一個「便」第四例中的『就』，它們的前面分別有「過三五日」「少刻」「今日」「即刻」等詞語。有的時候，對「很短時間」無需具體指出，彼此雙方均知道動作是即將發生，這時，「便」「就」前面也就不必有表時間的詞語，如第一例的前一個「便」和第五例的「就」就是這樣。

（3）表示動作在很久以前就已發生，並延續到現在。這項意義祇用「便」，

不用「就」。由於對這個「很久以前」需要具體點明，所以「便」要有表示時間的詞語。

> 少弟數年前到東京應舉時，便聞制使大名。137

> 自從兄長應武舉後，便不得相見。1096

（4）表示加強肯定。

「便」的絕大部分是修飾「是」：

> 這個殺虎的黑大漢，便是殺我老公、燒了我屋的。543～544

祇有個別的「便」是修飾其他動詞：

> 我便不還你，看你怎地拿我！1139

「就」則全部修飾「是」：

> 我就是保人，死了要誰償命？913

這些例句中，如果不用「便」或「就」，句子的意思不變，但用上「便」或「就」，就大大地增強了肯定的語氣。

（5）表示承接上文，得出結論或導致某種結果。上文一般都有「若」「既」「但」「因」等表示假設、條件、理由的詞語。

> 若要活的，便著一輛陷車解上京；如不要活的，恐防路途走失，
>
> 就於本處斬首號令。486

> 你既有好的見識，當下便說。1035

> 既是恁的，但有事時，就與他眾人做將息錢。469

> 但有事時，便來喚洒家與你去。88

> 梁中書因見他兩個能幹，就留在留守司勾當。782

這些例句都是「若」「如」「既」、但」「因，與「便」「就」配合使用。也有一部分是上文不用這類詞語的：

> 要早行，便早行；要晚行，便晚行；要住，便住；要歇，便歇。
>
> 179

> 必須去拿宋江來對問，便有下落。673

> 小人說謊，就害疔瘡。373

> 小人燒火遲了些，就打的小人出血。761

（6）表示就便、順帶進行某動作。這項意義不用「便」，祇用「就」：

> 我弟兄兩個，只得上梁山泊去，懇告晁、宋二公並眾頭領，來
> 與大官人報仇，就救時遷。596

> 我去買香紙、顧轎子，你便沐浴了，梳頭插帶了等我，就叫迎
> 兒也去走一遭。581

第一例「懇告晁宋二公並眾頭領」主要目的是「與大官人報仇」，「救時遷」則是就便之事；第二例主要要求「你⋯⋯等我」，「叫迎兒也去」是順帶。

上述六項意義巾，「便」「就」使用的次數不等，如表二。

表二

詞 用途	(1)		(2)		(3)		(4)		(5)		(6)		合計	
	次數	%	次數	%	次數	%	次數	%	次數	%	次數	%	次數	%
便	2155	93.1	263	90.4	36	100	354	98.9	631	93.3			3439	90.8
就	159	6.9	28	9.6			4	1.1	45	6.7	111	100	347	9.2
合計	2314	100	291	100	36	100	358	100	676	100	111	100	3786	100

2、連詞

作連詞的有「便」、「便是」、「就」「就是」四詞，有兩種意義。

（1）表示假設兼讓步

「便」「就」用於前一小句的主語後面或者動詞前面，後一小句多有「也」呼應：

> 便有誓書鐵券，我也不怕。654

> 我便肯時，有一個不肯，你問得他肯便去。26

> 就有大蟲，我也不怕。271

如果句子較短時，小句之間也可以不停頓：

> 押司是當案的人，便說也不妨。206

「便是」用於前一小句的主語前面：

> 便是小踐人有些言語高低，傷觸了押司，也看得老身薄面，自
> 教訓他與押司陪話。242

休說太師著落，便是觀察自齎公文來要，敢不捕送？207

（2）表示一種極端的情況

「便」、「便是」、「就」、「就是」四詞都可以用，放在前一句的主語後面或者謂語動詞前面，後句常用「也」來呼應。

你便有一萬人馬，也近他不得！768

便是要我的眼睛，也剜來與你。311

就要一滴水也沒喝處，那討酒食來？1273

莫說那幾個鳥漢，就是殺了幾千，也打什麼鳥不禁！1122

「便是」後面，有時還可以只跟一個名詞或名詞詞組，這可以視爲動詞的省略。

老爺只除了這兩個，便是大宋皇帝，也不怕他。431

休說你這三二十個人直什麼，便是千軍萬馬中，俺敢直殺的入

去出來！85

上述兩項意義，「便」「就」的使用次數如表三。

表三

意義 詞	(1)		(2)		合計	
	次數	%	次數	%	次數	%
便	88	82.1	28	43.8	116	67.8
便是	17	16.0	32	50.0	49	28.7
就	2	1.9	2	3.1	4	2.3
就是			2	3.1	2	1.2
合計	107	100	64	100	171	100

3、介詞

介詞只用「就」，不用「便」。「就」用於表示緊接著前一動作而產生後一動作的句子裡，後面帶賓語，整個介詞詞組作句子的狀語。有如下一些意義。

（1）引進處所

介詞賓語中一般都帶有方位名詞：

兩個就清風山下廝殺。417

　　　　相煩就此店中沽一甕酒。169

　　　　兩個就官路旁邊鬥了五七合。549

少數也可以不帶方位名詞：

　　　　不如就小寨歇馬。137

此種意義，現代僅語不再用「就」，而用介詞「在」。

（2）引進時間

　　　　柴進饅酒相待，就當日送行。650

　　　　就今晚著人去喚陸虞侯來分付了。89

此種意義，現代漢語也不再使用「就」，而使用介詞「在」。

（3）引進進行某種動作的情勢或條件

　　　　武松將半截棒丟在一邊，兩隻手就勢把大蟲頂花皮疙瘩地揪
　　住，一按按將下來。274

　　　　呼延灼聽了，就這機會，帶領軍馬，連夜回青州去了。721

這種意義，現代漢語雖然也還用「就」，但一般多用「趁著」。

上述三項意義，以（1）類用得最多，（2）（3）兩類都用得很少。

（1）類意義的「就」，由於用在表示緊接前一動作而發生後一動作的句子裡，這樣，它又起著上述副詞（1）類的作用，但由於它後面有名詞語作賓語，在語法上，還祇能看作介詞。只有「就」和後面的處所名詞語之間用上介詞「在」「於」時，「就」才是真正的副詞，《水》中已有這樣的例子：

　　　　一徑抬何九叔到家裡，大小接著，就在床上睡了。317

　　　　安道全欽取回京，就於太醫院做了金紫醫官。1407

不過這類後跟介詞「在」「於」的副詞「就」出現還不多，僅23次，而表示引進處所的介詞「就」有298次。表這類意義的副詞「就」與介詞「就」的總次數中，介詞「就」占92.8%，而副詞「就」祇占7.2%。這說明介詞「就」可以並且開始向副詞「就」過渡。

4、助詞

用作助詞的只有「便是」和「便了」，沒有「便」、「就」和「就是」。

「便是」作助詞的意義有二：

（1）幾乎全部用在判斷句的末尾，表示強調語氣。絕大多數都是和前面的動詞「是」相呼應：

　　　老爺是梁山泊好漢韓伯龍的便是！183

　　　俺不是出家人，俺是殺人的太歲魯智深、武松便是！1045

有的動詞「是」的前面還可加表示加強語氣的副詞「便」：

　　　他便是本縣押司呼保義宋江的便是。209——「他便是……」中

　　的「便」是副詞。

個別的前面也可以沒有動詞「是」：

　　　小將呼延灼的便是。806

這類意義的「便是」現代漢語沒有保留。

（2）少數放在陳述句的末尾，表示不容懷疑的語氣。

　　　我明日約你便是。575

　　　既然祇是要放火放炮，別無他事，不須再用別人去，祇兄弟自

　　往便是。1376

這類意義的「便是」，現代漢語都改用「就是」或「就是了」。

「便了」的意義有二：

（1）大多數放在陳述句的末尾，表示不以為然、如此而已，有把事情朝小處說的意味，常和前面的「祇」相呼應。

　　　有何懼哉！祇消得幾個小軍頭領便了。976

　　　又不是我父母匹配的妻室，他若無心戀我，我沒來由惹氣做什

　　麼？我祇不上門便了。238

　　　既是號令嚴明，我便寫一封回書，與你將去便了。240

（2）少數放在陳述句的末尾，表示不用猶豫、懷疑的語氣。

　　　無奈何，且看趙員外檀越之面，容忽他這一番，我自明日叫去

　　埋怨他便了。53

　　　胡亂賣些與酒家吃，俺須不說是你家便了。55

　　　我今番再不惹事便了，都依著你行。1284

「便了」在現代漢語語中不再保留，都改用「就是了」。

二、「便」與「就」之間的關係

下面我們考察一下《水》中虛詞「便」與「就」之間的關係。

元明漢語，屬於近代漢語，近代漢語是從古代漢語發展成現代漢語之間的過渡階段。這樣，近代漢語的語音、詞匯、語法各方面不免都帶有過渡色彩，《水》的語言也不例外。

《水》中，有不少意義相同或相近的詞，這類詞彼此之間可以是各種各樣的關係，有的是文言詞與白話詞的關係，有的是書面詞與口語詞的關係，也有普通詞與方言詞的關係，等等。那麼，虛詞「便」與「就」之間是一種什麼關係呢？

（一）「便」與「就」之間不是文言詞與白話詞的關係。

「便」與「就」在古代漢語中都衹作實詞，不作虛詞。因此，《水》中的「便」與「就」，作爲虛詞來說，都不可能是文言詞，自然，彼此之間也就談不上什麼文言詞與白話詞的關係了。

《水》中，有與虛詞「便」、「就」意義相同或相近的一些詞並存。這些詞有「即」「則」等，它們在古代漢語中即已廣泛使用，歷史悠久，而在《水》中則使用得極少，且衹用於文言語句之中，如：

> 委卿執掌，從卿處置，可行即行。954

> 作善則爲良民，造惡則爲逆黨。972

這些詞明顯地是文言詞，它們與「便」「就」之間才是文言詞與白話詞的關係，而「便」與「就」之間卻不是這種關係。

（二）「便」與「就」之間也不是書面詞與口語詞的關係。

《水》中，的確有不少書面詞與口語詞並存的現象，但書面詞一般都有這樣一些特點：

（1）古代漢語中即已廣泛使用，和文言詞一樣，歷史悠久。

（2）基本上具備了口語詞的語法特點，但也保留文言詞的某些語法特點。

（3）既用於文言語句，又用於白話語句，以後者爲主。

（4）使用頻率遠遠高於文言詞，但低於口語詞。

《水》中如指示代詞「此」「此等」「如此」等等都屬書面詞，它們與「這」

「這等」等形成了書面詞與口語詞的關係。

但是，虛詞「便」與「就」都不具備書面詞的（1）、（2）、（3）三個特點，自然不存在第（4）個特點的問題。因此，「便」與「就」都不是書面詞，兩者之間的關係，也就談不上書面詞與口語詞的關係了。

（三）「便」與「就」的關係也不是普通詞與方言詞的關係。

這點無需多談，因爲「便」與「就」在明代以來的近代漢語和現代漢語的作品中，幾乎都使用，並不限於某些帶有方言色彩的作品。

（四）「便」與「就」的關係是出現較早的近代口語詞與出現較晚的近代口語詞的關係。

「便」作爲虛詞，在早期的白話作品中即已出現。

《世說新語》（上海古籍出版社，1982 年版）中就已使用：

> 始服一劑便愈。373

> 既無餘席，便坐薦上。45

> 風起浪湧，孫王諸人色並遽，便唱使還。207

《敦煌變文集》（人民文學出版社，1957 年版）中已用得相當普遍：

> 祇此便是我修道之處。167

> 遂將其筆望空便擲。170

> 遠公唱喏，便隨其後。172

> 須臾之間，便至廬山。193

《祖堂集》（1972 日本中文出版社）中也用得很多：

> 師見僧來，便閉卻門，僧便敲門。（卷第五）

> 寺主曰：「莫是海上座摩？」對曰：「是也。」寺主便合掌。（卷十四）

> 師云：「阿那是維摩祖父？」對云：「則某甲便是。」（卷十八）

至於宋元作品，則用得更多。

在《水》中，已如前述，使用頻率極高，用途廣泛，無疑是一個非常活躍的口語詞。

虛詞「就」的幾個詞類，先後出現於不同的年代。

「就」作連詞，出現得較早，《後漢書》中就有這枑的例子〔註1〕。儘管「就」作連詞，年代較早，但在《水》中，連詞「就」出現的次數極少，祇占虛詞「就」總次數的 1%。這說明它不宜作爲考察整個虛詞「便」「就」關係的依據。

「就」作介詞，可見於南宋朱熹時代〔註2〕。但是虛詞「便」從《世說新語》到《水》，直至現在，都不作介詞。這樣，也不宜以此作爲考察虛詞「便」「就」關係的依據。

「就」作副詞，有的學者認爲元代才出現〔註3〕，有的學者則認爲南宋著作中就有〔註4〕。它在虛詞「就」的總次數中占多數，而且「便」也用作副詞，以此來作爲考察「便」「就」關係的依據是適宜的。

總之，虛詞「便」出現早些，虛詞「就」出現晚些，都是近代漢語的口語詞。它們之間的關係應當是出現較早的近代漢語口語詞與出現較晚的近代漢語口語詞的關係。

（五）當然，應當指出的是，《水》中虛詞「便」與「就」並不是處於同等的位置，而是以「便」爲主，以「就」爲次。

從使用頻率來看，「便」遠遠高於「就」。就「便」「就」的總次數而言，「便」占 84.4%，「就」祇占 15.6%，比例爲 4.8：1。就其中共同的詞類使用總次數而言，連詞中「便」佔了 95.5%，「就」祇占 4.5%，比例爲 22：1，副詞中，「便」佔了 90.8%，「就」祇占 9.2%，比例爲 9.9：1。

從具體用途來看，「便」也比「就」要豐富些。「便」系可以作助詞，而「就」系不能。連詞中，「就是」沒有（1）類意義，副詞中，「就」沒有（3）類意義。

但是，由於「就」是一個晚起的口語詞，具有強大的活力。《水》以後，它的使用頻率越來越高，用途越來越廣，終於在現代漢語中全面地取代了「便」，使「便」完全降爲書面詞的地位。

（原載《安慶師範學院學報（社會科學版）》1991 年第 1 期）

〔註1〕參閱《語言學論叢》第十三輯，第 125 頁。

〔註2〕參閱《語言學論叢》第十三輯，第 125 頁。

〔註3〕同上，第 128 頁。

〔註4〕參閱《中國語文》1987 年第 4 期，第 288～290 頁。

《水滸全傳》《紅樓夢》中
人稱代詞複數表示法

在古代漢語中，人稱代詞複數是與單數同形的，也就是說，單音節詞形式既表單數又表複數。如《論語・季氏》：「吾恐季孫氏之憂不在顓臾而在蕭牆之內也。「吾二臣者，皆不欲也。」前句的「吾」是單數，指孔子；後句的「吾」是複數，指冉有和季路。在現代漢語中，人稱代詞複數幾乎全部用帶複數詞尾「們」的合成詞形式來表示。人稱代詞複數在近代漢語中是怎樣表示的？這種標記法又是怎樣由近代漢語發展到現代漢語的？這些問題，都值得我們研究。筆者就這段時期最有語言研究價值的兩部巨著——《水滸全傳》（上海人民出版，1975 年版）和《紅樓夢》（人民文學出版社，1972 年版）作了一些考察和比較獲得了兩書有關人稱代詞複數標記法的一些基本情況。這些基本情況或許於人稱代詞複數標記法的發展歷史的研究有益。

為行文方便，下文將表示人稱代詞複數的單音節詞形式寫作 DS，合成詞形式寫作 HS。

一、《水滸全傳》中人稱代詞複數標記法

1.1 總的情況

《水滸全傳》中，人稱代詞複數共出現 1608 次，分別用 DS 和 HS（代詞

後加「們」）表示。其中 DS 有 943 次，占 58.7%；HS 有 665 次，占 41.3%。兩者大體相當，前者稍多於後者。

1.2 各人稱複數使用的代詞

1.2.1 第一人稱

第一人稱複數共出現 778 次，分別使用代詞「我」「俺」「咱」「吾」四類。以「我」類爲主，占 87.5%；「俺」類是山東一帶方言，用得也比較多，占 11.4%，「咱」類是方言詞，「吾」類是文言詞，用得極少，一共僅占 1.1%。

1.2.1.1 「我」類

「我」類有 DS「我」和 HS「我們」。在本類總次數中，前者占 48.5%，後者占 51.5%，兩者相當。

> 莫說十數個，再要多些，我弟兄們也包辦得。（169）

> 我們今夜祇顧進兵，殺將入去，也要救他兩個兄弟。（802）

1.2.1.2 「俺」類

「俺」類有 DS「俺」和 HS「俺們」。在本類總次數中，前者占 53.9%，後者占 46.1%，兩者大體相當。

> 我等投降朝廷，都不曾見些官爵，便要將俺兄弟分遣調開，俺
> 等眾頭領，生死相隨，誓不相捨。（1011）

> 既是閉了關隘，俺們休在這裡，如何得他下來？（194）

1.2.1.3 「咱類」

「咱」類祇有 HS「咱們」。

> 俺兩個出家人，被軍馬趕得緊，教咱們則個。（1045）

1.2.1.4 「吾」類

「吾」類祇有 DS「吾」。

> 那四員小將軍高聲大叫：「汝等草賊，何敢犯吾犯界！」（1027）

1.2.2 第二人稱

第二人稱複數共出現 590 次，分別使用代詞「你」「汝」「爾」三類。以「你」類爲主，占 87.8%；「汝」類次之，占 10.3%；「爾」類最少，祇占 1.9%。

1.2.2.1 「你」類

「你」類有 DS「你」和 HS「你們」。在本類總次數中，前者占 60.9%，後者占 39.1%，以前者為主。

> 盧俊義道：「放屁，你這廝們都和那賤人做一路！」（768）

> 一樸刀一個砍翻，你們眾人，與我縛在車子上。（768～769）

1.2.2.2 「汝」類

「汝」類有 DS「汝」和 HS「汝們」。在本類總次數中，前者占 96.7%，後者祇占 3.3%，前者占壓倒優勢。

> 汝諸將士，無故不得入城。（1284）

> 你這一班義士，久聞大名，只是奈緣中間無有好人，與汝們眾
>
> 位作成，因此上屈沉水泊。（990）

1.2.2.3 「爾」類

「爾」類祇有 DS「爾」。

> 寡人已自差人暗行體察，深知備細，爾等尚自巧言令色，對朕
>
> 支吾！（1016）

1.2.3 第三人稱

第三人稱複數共出現 240 次，祇用「他」類表示。

「他」類有 DS「他」和 HS「他們」。在本類總次數中，前者占 72.9%，後者占 27.1%，前者占大多數。

> 他眾人要向我買些吃，我又不曾賣與他。（185）

> 我們正想酒來解渴，既是他們疑心，且賣一桶與我們吃。（185）

1.3 人稱代詞複數的直接作句子成分

人稱代詞複數充當句子成分有兩種情況：一是直接，就是單獨作句子成分；一是間接，就是以同位語的身份和本位語一道去作句子成分。在 1608 次人稱代詞複數中，前者 770 次，占 47.8%；後者 838 次，占 52.6%。

1.3.1 直接作句子成分的

直接作句子成分的人稱代詞複數的 770 次中，用 DS 表示的占 23.2%，用 HS 表示的占 76.8%，以 HS 為主。它們可以充當主語、賓語和定語。

洒家先投奔這林子裡來，等殺這廝兩個撮鳥，他到來這裡害你，正好殺這廝兩個。（106）——DS 作主語

怎地時，是我賺你們來，捉你請賞。枉葱天下笑。（32）——DS 作賓語

那四人都去松陰下睡倒了。……楊志拿起藤條，劈頭劈腦打去，看這楊志打那軍健，老都管見了說道：「提轄，端的熱了走不得，休見他罪過。」（182～183）——DS 作定語

我們三日不曾有飯落肚，那裏討飯給你吃？（74）——HS 作主語

上下替我捉一捉殺人賊則個！不時，須要帶累你們。（255）——HS 作賓語

今日見他們明火執仗，又不知他們備細，都閉著門，那裏有一個敢來攔當。（1226）——HS 作定語

1.3.2 間接作句子成分的

以同位語身份間接充當句子成分的人稱代詞複數的 838 次中，用 DS 表示的占 91.5%，用 HS 表示的占 8.5%，DS 占絕大多數。它們和本位語一道作主語、賓語和定語。

我三個要搭車子，也要到泰安州去走一遭。（708）——DS＋本位語作主語

你兩個且少坐，俺煮一腿獐子肉，暖杯社酒，安排請你二位。（1053）——DS＋本位語作賓語

我們都把包裹內金銀、財帛、衣服等項，盡數與你，祇饒了我三人性命。（456）——DS＋本位語作定語

你們眾人不信時，提俺禪杖看。（67）——HS＋本位語作主語

張青看了，也取三二兩銀子，賞與他們四個。（377）——HS＋本位語作賓語

李大哥，你怎地沒道理，都搶了我們眾人的銀子去！（468）——HS＋本位語作定語

1.4 DS 後跟本位語「等」「輩」

DS 後跟「等」「輩」是古代漢語的保留形式。「等」「輩」有實在意義，一般都認爲不能算作複數詞尾。「等」「輩」前面的 DS，應該視爲同位語。《水滸全傳》中，DS 後跟「等」的占 DS 總次數的 28.4%，跟「輩」的祇占 0.2%。

「等」祇用於第一人稱「我」「俺」和第二人稱「你」「汝」「爾」的後面。

> 若非二哥眾位把船相接，我等皆被陷於縲絏。（506）

> 俺哥哥放員外十分，俺等眾人當敬員外十二分。（776）

> 已有一萬宋兵先過關了，汝等急早投降，免汝一死！（1377）

> 你等是何等人，敢造次要見太尉！（739）

> 如將士怙終不悛，你等軍民俱係宋朝赤子，速當興舉大義，擒縛將士，歸順天朝。（1152）

「輩」祇用於「吾」後。

> 吾輩當盡忠報國，死而後已。（1039）

二、《紅樓夢》中人稱代詞複數標記法

2.1 總的情況

《紅樓夢》中人稱代詞複數共出現 3526 次，也分別用 DS 和 HS（代詞後加「們」表示，其中 DS 祇有 169 次，占 5.6%；HS 有 330 次，占 94.4%），基本上用 HS。

2.2 各人稱複數使用的代詞

2.2.1 第一人稱

第一人稱複數共出現 1660 次，分別使用代詞「我」「咱」「吾」三類。以「我」爲主，占 67.8%；「咱」類也由方言進入共同語，用得也較多，占 32%；「吾」類是文言詞，用得極少，祇占 0.2%。

2.2.1 「我」類

「我」類有 DS「我」、和 HS「我們」。在本類總次數中，前者祇占 0.4%，後者占 99.6%。後者占絕大多數。

> 這日子過不得了！我姊妹們都一個個的散了！（1287）

等二爺醒了，你替我們說罷。（404）

2.2.1.2 「咱」類

「咱」類祇有 HS「咱們」。

豈不是人家好意，反被咱們陷害了？（777）

2.2.1.3 「吾」類

「吾」類祇有 DS「吾」。

但吾輩後生，甚不宜溺愛，溺愛則未免荒失了學業。（163）

2.2.2 第二人稱

第二人稱複數共出現 986 次，分別使用代詞「你」「爾」兩類。幾乎全部是「你」類，占 99.9%；「爾」類祇占 0.1%。

2.2.2.1 「你」類

「你」類有 DS「你」和 HS「你們」。在本類總次數中、前者祇占 3.8%，後者占 96.2%，後者占絕對多數。

古人中有「二難」，你兩個也可以稱「二難」了。（977）

我便願意去，也須得你們帶了我回聲老太太去。（570）

2.2.2.2 「爾」類

「爾」類祇有 DS「爾」。

爾等有願隨者，即同我前往；不願者，亦早自散去。（1016）

2.2.3 第三人稱

第三人稱複數共出現 880 次，也祇用「他」類表示。

「他」類有 DS「他」和 HS「他們」。在本類總次數中，前者祇占 17%，後者占 83%，後者占絕大多數。

薛姨媽不放心，吩咐兩個女人送了他兄妹們去。（101）

他們聽見咱們詩社，求我把稿子給他們瞧瞧，我就寫了幾首給

他們看看。（593）

2.3 人稱代詞複數直接作句子成分與間接作句子成分

在 3526 次人稱代詞複數中，直接作句子成分的有 3010 次，占 85.4%；間接作句子成份的有 516 次，占 14.6%。

2.3.1 直接作句子成分的

直接作句子成分的人稱代詞複數的 3010 次中，用 DS 表示的祇占 8.5%，用 HS 表示的已占 91.5%，後者占絕大多數，DS 只作賓語，HS 可以充當主語、賓語和定語。

> 二十年前，他們看承你們還好，如今是你們拉硬屎，不肯去就和他，才疏遠起來。——DS 作賓語、HS 作主語和賓語

> 咱們家的小子都聽熟了，倒是花幾個錢叫一班來聽聽罷。

（524）——HS 作定語

2.3.2 間接作句子成分的

以同位語身份間接作句子成分的人稱代詞複數的 516 次中，用 DS 表示的占 37.4%，用 HS 表示的占 62.6%，HS 占主要地位。它們和本位語一道作主語和賓語，祇有 DS 後跟「等」的可作定語。

> 他兩個起身，也得給他們幾千銀子才好。（1353）——DS＋本位語作主語

> 寶玉讀書，不及你兩個。（1006）——DS＋本位語作賓語

> 你們兩個人不睦，又拿我來墊喘兒子。（247）——HS＋本位語作主語

> 兩個小孩子……一面撒嬌兒道：「你老人家別生氣，看著我們兩個小孩子罷。……」（970）——HS＋本位語作賓語

2.4 DS 後跟本位語「等」「輩」

《紅樓夢》中，DS 後雖也跟「等」「輩」，但已極少，祇占 DS 總數的 2.5%。

「等」祇用於第一人稱「我」和第二人稱「你」「爾」的後面。

> 我等之子孫雖多，竟無可以繼業者。（159）

> 你等不知原委。（59）

> 爾等有願隨者，即同我前往。（1060）

「輩」祇用於「吾」後。

> 如爾則天分中生成一段癡情，吾輩推之爲「意淫」。（64）

三、兩書的比較

我們可以將上述《水滸傳》（簡稱《水》）和《紅樓夢》（簡稱《紅》）兩書人稱代詞複數標記法的幾項主要方面比較做些綜合比較。

3.1 總次數：

DS　58.7%（《水》）→5.6%（《紅》）

HS　41.3%（《水》）→94.4%（《紅》），降升幅度爲53.3%。

3.2 各類：除文言詞和新建起的口語詞或方言詞「俺」「汝」（祇見於《水》）「吾」「爾」（兩書祇用DS）「咱」（兩書祇用HS）五類不可比外，其他三類的情況是：

「我」類：

DS　48.5%（《水》）→0.4%（《紅》）

HS　51.5%（《水》）→99.6%（《紅》），降升幅度爲48.1%。

「你」類：

DS　60.9%（《水》)）→3.8%（《紅》）

HS　39.1%（《水》）→96.2%（《紅》），降升幅度爲57.1%。

「他」類：

DS　72.9%（《水》）→17%（《紅》）

HS　27.1%（《水》）→83%（《紅》），降升幅度爲55.9%。

3.3 直格或間接作材子成分

直接作句子成分的：

DS　23.2%（《水》）→0.6%（《紅》）

HS　76.8%（《水》）→99.4%（《紅》），降升幅度爲22.6%。

間接作句子成分的：

DS　91.5%（《水》）→37.4%（《紅》）

HS　8.5%（《術》）→62.6%（《紅》），　降升幅度爲54.1%。

3.4 DS跟「等」「輩」的：28.4%（《水》）→2.5%（《紅》）。

3.5 各項百分比都說明：從《水》到《紅》，DS下降，HS上升，而且升降幅度大多在50%左右。

四、幾點看法

通過《水滸全傳》與《紅樓夢》兩書人稱代詞複數標記法的記述和比較，我們可以提出如下幾點看法。

4.1 兩書用來表示人稱代詞複數的兩種形式中，DS 大幅度下降，HS 大幅度上升，由 DS 和 HS 大致相當（前者稍多於後者）發展到基本上祇用 HS（極少用 DS），這是從《水滸全傳》成書年代的十四世紀到《紅樓夢》成書年代的十八世紀的四百多年間，人稱代詞複數標記法發展的總趨勢。

4.2 從這個總趨勢出發，我們完全可以推知從古代漢語到現代漢語的人稱代詞複數標記法發展的大致過程。這個大致過程是：從 DS 兼表經 DS、HS 並表到基本上 HS 獨表。「兼表」爲古代漢語時期，「並表」爲近代漢語時期，「獨表」爲現代漢語時期。

4.3 在人稱代詞複數標記法發展的整個過程中，近代漢語是過渡時期，也即由 DS 到 HS 過程中的 DS、HS 並存時期。《水滸全傳》時代是這個過渡時期的中點。HS 最晚出現於唐代，當初與 DS 的比例中它是小的一方，然而也是新生的有活力的一方。到《水滸全傳》時代，HS 基本上達到了與 DS 分庭抗禮的地位，此後，HS 越來越占優勢。

4.4 從《紅樓夢》中 DS 和 HS 的比例可以看出，在從 DS、HS 並表到 HS 獨表的發展過程中，它是一個質的飛躍，表明了並表的過渡時期基本結束，獨表的新時期已經開始。從《紅樓夢》問世到今天的兩百多年中，人稱代詞複數用 DS 表示，在範圍和比例兩方面都更小了（今天一般祇用於「我國」、「你方」、「他倆兒」等個別場合），但這種變化的幅度遠比由《水滸全傳》到《紅樓夢》那段時期要小，祇在小於 5%的範圍內。這祇是同屬現代漢語階段內的古代漢語形式的殘留部分的進一步縮小，並不是近兩百年來又有什麼質的飛躍。這一點，也爲現代漢語上限不晚於《紅樓夢》時代提供了又一證據。

4.5 表意明確化的要求是兩書中 DS 減少直至讓位、HS 增長直至基本上獨占的根木原因。

同位語必須跟其後的本位語一道作句子成分，而本位語常是「等」「三個」「眾兄弟」等詞語，這些詞語的複數意義明確，所以：（1）兩書的 DS 絕大多數都是作同位語：《水滸全傳》中的 943 個 DS 就有 767 個作同位語，占 81.4%；

《紅樓夢》中的 196 個 DS 就有 193 個作同位語，占 98.5%。（2）兩書作同位語的人稱代詞複數的總次數中，DS 占的百分比要比單作句子成分的人稱代詞複數總次數中 DS 占的百分比要大：《水滸全傳》中占 91.5%，《紅樓夢》中占 37.4%。

單獨作句子成分的人稱代數複數用 DS 來表示，由於沒有複數標誌，單複數一般要根據上下文來確定，這樣引起含混的可能性要大一些，所以：（1）兩書的 DS 衹有極少數能單獨作句子成分，《水滸全傳》衹占 18.6%，《紅樓夢》衹占 1.5%；（2）單獨作句子成分的人稱代詞複數總次數中，DS 占的百分比要比在同位語中的百分比要小得多，《水滸全傳》中衹占 23.2%，《紅樓夢》中衹占 0.6%。

4.6 兩書中的 DS 和 HS 體現了人稱代詞的時代層次性。表現在兩方面：一方面，人稱代詞複數中，文言詞全部（「吾」，「爾」）或幾乎全部（「汝」）用 DS 歷史悠久或比較悠久的口語詞（「我」「你」「他」）用的 DS 少些，新起的口語詞（「咱」）則不用 DS 而全部用 HS。另一方面，人稱代詞複數總次數中，文言詞用得最少，《水滸全傳》占 4.3%，《紅樓夢》衹占 0.01%；歷史悠久者比較悠久的口語詞用得最多，《水滸全傳》占 95.4%，《紅樓夢》占 84.6%；「咱」成了新起的口語詞後用的也不少，《紅樓夢》中占 15.34%。

（原載《安慶師範學院學報（社會科學版）》1985 年第 1 期）

《水滸全傳》《金瓶梅》《紅樓夢》中動詞重疊式的比較

　　動詞重疊，雖然歷史悠久，但從上古到六朝，使用得極少，祇是偶而見諸韻文，或是爲了湊足韻文文體要求的字數，或是表示動作的重複。這種重疊，還不能算是動詞使用中的一種語法形式。直至唐代，動詞重疊才逐漸形成表示動作行爲的短瞬時（或嘗試態）以及反復態的一種語法形式，但仍處於動詞重疊式的初級階段。元代以來，動詞重疊式有了迅猛的發展，不僅使用得越來越普遍，而且格式也已紛繁。清代初期，動詞重疊式基本上完成了向現代漢語的過渡。

　　爲了瞭解元、明、清這一時期動詞重疊式發展變化的情況，本文準備就《水滸全傳》、《金瓶梅》、《紅樓夢》三鄒著作中動詞重疊式從五個方面進行比較，並附帶談談動詞重疊式與動量詞的區別。之所以選擇這三部著作，是因爲：均屬白話小說，可以避免體裁與文體的局限，都篇幅巨大（依次爲 96.4 萬字、102.6 萬字、107.5 萬字），既可保持數據的完整性，又可盡量減少語言現象的偶然性，時點比較適宜（分別代表元末明初、明代後期和清代前期）。這樣，通過比較，基本上（不可能全面）能反映這一時期動詞重疊式的發展面貌。

　　本文依據的是上海人民出版社 1975 年版《水滸全傳》、齊魯書社 1987 年版《金瓶梅》和人民文學出版社 1982 年版《紅樓夢》。爲行文方便，文中三書依

次簡稱爲《水》《金》《紅》,「動詞重疊式」亦一般簡稱「重疊式」。文中例句後的數字指引自該書的頁碼。

一、重疊式的使用頻率與具體格式

三書重疊式的出現總次數:《水》爲 168,《金》爲 601,《紅》爲 1069。如以《水》的數字爲 1,三書的比例是:1:3.6:6.4。這種比例說明,重疊式在《水》中便用得還不太多,《金》中則使用得比較普遍,《紅》中則已成爲使用相當普遍的一種形式。

三書中重疊式格式數量:《水》13 種,《金》29 種,《紅》18 種。如以《水》的數量爲 1,三書比例是:1:2.2:1.4 總的趨勢是格式增多了,其主要原因是「兒」尾的產生。至於《紅》比《金》少:一是《金》有雙音節不完全重疊式;二是減少的都是使用頻率極低的 14 種格式(平均每種格式 2.4 次),出現的偶然性很大。這樣,《紅》的格式顯得精鍊一些。

各書重疊式具體格式,雖有多種,但各有重點格式和常用格式。

《水》中,「A 一 A」使用最多(97 次),占總次數的 57.7%;再加上「AA」(12 次):「AABB」(13 次)「ABAB」(11 次)和「A 賓一 A」(20 次)常用格式共 5 種,合占總次數的 92.3%。其餘 8 種合共祇占總次數的 7.7%。

《金》中,「AA」使用最多(248 次,占總次數的 41.3%;其次是「AA 賓」(86 次),兩種合占總次數的 56%;再加上「AA 兒」(52 次)「A 一 A」(38 次)「A 了一 A」(13 次)「A 了 A」(24 次)「A 賓 A」(13 次)「A 賓 A 兒」(11 次)「AABB」(35 次)和「ABAB」(33 次),常用格式共 10 種,合占總次數的 92%s 其他 19 種,合共祇占總次數的 8%。

《紅》的前兩種格式與《金》相同,即「AA」最多(350 次),「AA 賓」爲次(208 次),合占總次數的 52.2%,再加上「A-A」(113 次)「A 了一 A」(128 次)「ABAB」(107 次)和「AABB」(60 次),常用格式爲 6 種,合占總次數的 90.4%;而其他 12 種,合共祇占總數的 9.6%。

二、「兒」尾的有無

這裡指的「兒」尾,是指重疊式中第二個動詞之後帶上「兒」尾。在《水》中,重疊式全部是無「兒」尾,而《金》中,「兒」尾重疊式有 12 種格式,86

次，無「兒」尾的有 17 種格式，615 次，具體分述如下：

（1）7 種「兒」尾格式的均有相對的無「兒」尾格式：

AA 兒－AA

　　請他爹和大姐坐坐兒。325

　　你說我從東京來了，與我坐坐。1187

A－A 兒－A－A

　　稀罕住俺這屋裡走一走兒。1174

　　借與老身看一看。67

A 了 A 兒－A 了 A

　　適才我略與他題了題兒。931

　　又跟到那邊花園山子上瞧了瞧。1271

A 了－A 兒－A 了一 A

　　就引的娘笑了一笑兒。928

　　呷了一呷。1170

ABAB 兒－ABAB

　　爹既是許了你，拜謝拜謝兒。585

　　敬來拜謝拜謝。1306

A 賓 A 兒－A 賓 A

　　爹要來看你看兒。1232

　　你如今不請任後溪來看你看。1185

A 賓一 A 兒－A 賓一 A

　　怎能夠動他一動兒是的？29

　　你相他一相。1518

（2）5 種「兒」尾式沒有相對的無「兒」尾式。這些格式用得極少，合共祇占「兒」尾式總次數的 10.5%。

　　輕輕蕩得一蕩兒。303－A 得一 A 兒

　　叫咱這裡轉送送兒去。1252－ABB 兒

我昨日在酒席上拿言語錯了他錯兒。507－A 了賓 A 兒

從來也沒費恁個心兒管待我管待兒。1260－1261－AB 賓 AB 兒

那個興心知慰他一知慰兒也怎的？275－AB 賓一 AB 兒

（3）另有9種無「兒」尾式沒有相對的「兒」尾式。主要原因有三：

a、無「兒」尾式後可帶賓語，而「兒」尾式不能。

你買份禮兒謝謝他。203－AA 賓

早來看看廚房。－A－A 賓

平日叫人家漢子捏了捏手。1202－A 了 A 賓

答報答報天地就是了。532－ABAB 賓

吃他兩服藥，解散散氣。1137－ABB 賓

b、表示動作重複多次的格式：

弟兄們說說笑笑。20－AABB

c、其餘3種極少使用，均祇1次或2次。

推了迎春一推。941－A 了賓一 A

我豈可不回拜他拜去？1164－AB 賓 A

等我吃了梅湯，鬼混他一混去。444－AB 賓一 A

在《紅》中，「兒」尾重疊式有4種，29次。這4種均有相對的無「兒」尾式。其他均為無「兒」尾式。

AA 兒－AA

倒要靜靜兒歇歇兒。956

也該趁早叫你哥哥嫂子歇歇。162

A一A 兒－A一A

我還略坐一坐兒。159

姐姐們請猜一猜。704

A 賓－A 兒－A 賓一 A

好叔叔，救我一救兒罷！1325

不禁去招他一招。931

A 賓 A 兒－A 賓 A

> 好姐姐，你也理我理兒呢。346

> 我們大家也該勸他勸才是。952

從上面三書中「兒」尾有無的分佈情況可看出如下幾點：

1、就總的發展趨勢來說，帶「兒」尾的重疊式是從無到有，也就是《水》中還沒有出現，《金》，《紅》中都已使用。《水》中，許多名詞及少量形容詞後均有「兒」尾，動詞之後還沒有。說明動詞帶「兒」尾出現較晚。

2、「兒」尾式出現後，其發展有限，並未形成規模。「兒」尾式在格式總數量祇占 41.4%（《金》）和 22.2%（《紅》），在總次數中祇占 13.9%（《金》）和 2.9%（《紅》），都處於少數和極少數的位置。現代漢語也是如此。

3、從「兒」尾式的格式數量及使用次數來看，《紅》都遠遠少於《金》，似乎越發展越少的「倒退」局面。這可能有兩方面的原因：一是新的形式往往要經歷群起分多到精鍊規範的過程；一是《金》書語言要比《紅》更接近口語。

三、嵌「一」與省「一」

唐宋時代，重疊式的兩個動詞之間，嵌進「一」，以表示動作行爲的短暫或嘗試。元以來，「一」已開始省去。我們稱前者爲嵌「一」式，後者爲省「一」式。

1、《水》甲，嵌「一」式格式有 8 種，計 129 次；省「一」式有 5 種，計 39 次。

（1）4 對格式是嵌「一」式與省「一」式並存。

A－A－AA

> 陪奉都頭坐一坐。156

> 我兒陪侍恩人坐坐。45

A－A 賓－AA 賓

> 把手掠一掠雲鬢。243

> 只得放下飯碗，抹抹嘴。1204

A 賓一 A－A 賓 A

　　　　我且試他一試。1143

　　　　明日小小地耍他耍便了。663

　　AB－AB－ABAB

　　　　我且試探一試探。1336

　　　　有句話計較計較。163

　（2）4種嵌「一」式沒有相對的省「一」式。

　　　　那人回轉頭來，看了一看。590－A 了一 A

　　　　只指頭略擦得一擦。477－A 得一 A

　　　　也只看得他一看。199－A 得賓一 A

　　　　我今日著實撩鬥他一撩鬥。254－AB 賓－AB

　（3）表動作重複的「AABB」沒有相對的嵌「一」式。

　　　　自搖搖擺擺，踏著八字腳去了。291

　2、《金》中，嵌「一」式有 11 種，計 71 次；省「一」式有 18 種，計 530 次。

　（1）9 對格式是嵌「一」式與省「一」式並存。

　　A－A－AA

　　　　我試看一看。1392

　　　　我只說來看看。401

　　A－A 兒－AA 兒

　　　　那個敢望著他齜牙笑一笑兒？346

　　　　咱們笑笑兒也嗔？357

　　A 了一 A－A 了 A

　　　　叉手望他深深拜了一拜。53

　　　　又與春梅拜了拜。1359

　　A 了一 A 兒－A 了 A 兒

　　　　就引的娘笑了一笑兒。928

　　　　適才我略與他題了題兒。943

A 了一 A－A 了 A

　　你相他一相。1518

　　你相他相。1518

A 賓－A 兒－A 賓 A 兒

　　也休要管他一管兒。1170

　　你也管他管兒。1170

A－A 賓－AA 賓

　　晚來摸一摸米甕。11

　　俺到買些什麼看看你。482

AB 賓一 AB 兒－AB 賓 AB 兒

　　那個興心知慰他一知慰兒也怎的？275

　　我如今毃個雞兒央及你央及兒。742

AB 賓一 B－AB 賓 B

　　等我吃了梅湯，鬼混他一混去。444

　　我豈可不回拜他拜去。1164

（2）9 種省「一」式沒有相對的嵌「一」式

　　我正要拿甚答謝答謝。18－ABAB

　　我每活變活變兒。758－ABAB 兒

　　在葡萄架兒底下，搖搖擺擺。425－AABB

　　叫咱這裡轉送送兒去。1252－ABB 兒

　　我昨日在酒席上拿言語錯了他錯兒。547－A 了賓 A 兒

　　我在這裡淨了淨手。786－A 了 A 賓

　　打聽打聽消息去。1060－ABAB 賓

　　吃他兩服藥，解散散氣。1187－ABB 賓

　　若是沾他沾身子兒……754－雙賓式

（3）2 種只有嵌「一」式，沒有相對的省「一」式。

　　輕輕蕩得一蕩兒。803－A 得一 A 兒

推了迎春一推。941－A 了賓－A

3、《紅》中，嵌「一」式 7 種，計 279 次；省「一」式 11 種，計 790 次。

（1）7 對是「一」式與省「一」式並存。

A－A－AA

我也照一照。114

務必叫他來瞧瞧。149

A－A 兒－AA 兒

皺一回眉，又笑一笑兒。1222

我不困，只略歇歇兒。273

A 了一 A－A 了 A

寶玉想了一想。875

賈珍想了想。923

A 賓一 A－A 賓 A

還要難他一難。777

我們大家也該勸他勸才是。952

A 賓一 A 兒－A 賓 A 兒

救我一救兒罷！1325

你也理我理兒呢。346

A－A 賓－AA 賓

襲人便乘機見景勸他收一收心。992

請老祖宗過來散散悶。155

A 了一 A 賓－A 了 A 賓

低頭看了一看自己。877

賈政點了點頭。1526

（2）4 對雙音節重 A 式為省「一」式，無相對的嵌「一」式。

也該回去歇息歇息了。473－ABAB

趙姨娘時常也該教導教導他。347－ABAB 賓

這裡接連看親戚族中的人來來去去，鬧鬧穰穰。1226－AABB

談談講講些仕途經濟的學問。445－AABB 賓

從上可以看出如下幾點：

1、總的發展趨勢是：嵌「一」式由多到少，省「一」式由少到多，並且減增幅度都很大。

2、省「一」式的使用頻率，《金》比《紅》高：《金》為 88.2%，《紅》為 73.9%。這種「倒退」現象，和前面的「兒」尾式一樣，與作品語言通俗化程度有關。

3、嵌「一」式儘管大量轉為省「一」式，但在《金》《紅》中仍保持一定的地位（11.8%、26.1%），即使今天也還存在。這恐怕與說話的快慢有關。「一」至晚在元代以來即開始輕讀。平常說話速度較快，輕讀「一」易於脫落，如由於種種原因，話語需慢慢說出時，輕讀「一」仍需保留，見之於書面，「一」字仍嵌於重疊式中。

四、賓語的中置與後置

重疊式中的賓語，有時置於兩個動詞之間，有的置於兩個動詞之後，我們稱前者為中置，後者為後置。

1、《水》中，重疊式帶賓語的有 29 例，其中，中置 23 例，後置 6 例。

中置的賓語，沒有指物名詞，祇有 1 例為指人名詞，其餘全部是人稱代詞。

待俺回來還你，權賒咱一賒。190

來你這裡買碗酒吃，就望你一望。446

好哥哥，等我一等。664

明日小小地耍他耍便了。663

我且試看魔王一看。7

後置的賓語，沒有人稱代詞，祇有 1 例為指人名詞，其餘全部是指物名詞。

上下替我捉一捉殺人賊則個。255

祇得放下飯碗，抹抹嘴，走將出來，拱拱手道……1204

我先嘗一嘗滋味。922

2、《金》中，重疊式帶賓語的有 142 例，其中，中置 39 例，後置 103 例。

中置的賓語，沒有指物名詞，祇有 1 例爲指人名詞，其他全部爲人稱代詞。

> 怎的也不會我會兒？958

> 諕他們諕，管定就信了。603

> 你如今不請任後溪來看你看。1185

> 咱不如叫小廝邀他邀去。19

> 當下又拶了武松拶。157

後置的賓語，大多數（68%）爲指物名詞：

> 且與他籠籠頭，捏捏身上。1004

> 若動一動步兒，先吃我五七刀子。1391

> 蔡老娘向床前摸了摸李瓶兒身上。456

> 替你分理理氣血，安安胎氣也好。1188

少數（26.2%）爲指人名詞：

> 怎的不來我家看看你姑娘？115

> 婦人還要拜辭拜辭月娘眾人。1363

「極少數（5.8%）爲人稱代詞：

> 你怎的這兩日不來看看我？1052

另外，《金》中還有 1 例雙賓語：

> 若是沾他沾身子兒，一個毛孔兒生一個天皰瘡。754

3、《紅》中，重疊式帶賓語的有 268 例，其中，中置 13 例，後置 255 例。

中置的賓語全部是人稱代詞：

> 我因爲沒有見過這個，所以試他一試。202

> 如今老爺不過這麼管你一管。621

> 好叔叔，救我一救兒罷。1325

> 逢我們使他們一使兒，就怨天怨地的。832

後置的賓語，大多數（77.3%）爲指物名詞：

> 我勸姨娘且回房去煞煞性兒。845

> 寶玉點了點頭。1614

　　　黛玉略自照了一照鏡子，擦了一擦鬢髮。1330

　　　說著一齊下了炕，打掃打掃衣服。99

　　少數（14.5%）爲指人名詞：

　　　先見見老太太。1297

　　　賈母又瞧了一瞧寶釵。1514

　　個別（8.2%）爲人稱代詞：

　　　或問問他們去。1084

　　　閑了時候還求嬷子常過來瞧瞧我。660

　　從上可以看出如下幾點：

　　1、重疊式中，賓語位置的發展趨勢是由基本中置向幾乎全部後置轉移：中置由《水》79.3%降至《金》27.5%，再降至《紅》4.8%；後置由《水》20.7%升至《金》72.5%，再升至《紅》95.2%。

　　2、這種由中置向後置轉移的總趨勢，不是全面的，而是有範圍的，即轉移祇限於人稱代詞和指人名詞，而指物名詞始終是後置。

　　3、就人稱代詞和指人名詞來說，轉移的幅度也不相同：

　　人稱代詞：由《水》全部中置到《金》中基本中置（85.4%）、少數後置（14.6%），再發展到《紅》少數中置（38.2%）、多數後置（61.8%），還沒有完全後置。

　　指人名詞，由《水》中中置後置各半到《金》中極少數（10%）中置，絕大多數（90%）後置，再發展到《紅》全部後置。

　　4、各類詞的中置與後置，雖然都有多種格式，但基本格式都祇有一個或兩個（中置的人稱代詞，《水》《紅》爲「A賓一A」，《金》爲「A賓A」「A賓A兒」，指人名詞爲「A賓A」；後置《水》爲「A－A賓」，《金》《紅》爲「AA賓」），其他格式都用得極少，多爲1次或2次。

五、動詞重疊式與動量詞

　　有的語法書把動詞重疊式中的第二個動詞看作動量詞，這似有可商榷之處。

　　動量詞與動詞重疊式是分屬不同的語法範疇的。動量詞是對動作行爲計算

單位的語法概括，而動詞重疊式則是對動作行爲「態」（短暫、嘗試及反覆）的語法概括；前者概括的結果形成一個詞類（動 A 詞），後者概括的結果是一類詞（動詞）運用（即重疊）的一些方式。由於兩者有本質的區別，使得兩者有不同的語法特點，最主要的有如下兩點：

1、動量詞的數量有限，而重疊式的具體動詞無限。動量詞既是對動作行爲計算單位的高度概括，數量自然極少。如《水》中就祇有「遭」「回」「遍」「下」「番」「次」「場」「陣」「頓」等 9 個，《金》《紅》及現代僅語數量也差不多。由於數景極少，一個量詞可以適用於許許多多的動詞，如《水》中的「遭」就可用於「走」「去」「來」「往」「轉」「耍」「看」「稟」「討」「瀉」等幾十個動詞。如果把重疊式第二個動詞也看作「動量詞」，那有多少具體動量重疊就會有多少「動量詞」，一個「動量詞」祇適用於一個具體的動詞。

2、動量詞可以受不同數字的修飾，而重疊式的第二個動詞前祇限於「一」。動量詞既是計算單位，其數目自然可多種多樣，以《水》中「遭」爲例：

> 小弟只得去一遭。669
>
> 你相伴我去荊門鎮走了兩遭。909
>
> 從人往返走了幾遭。850
>
> 少也走過了一二十遭。271
>
> 天明時，一連瀉了二十來遭。470
>
> 何正淹了數十遭。474
>
> 這門下不知出入了幾萬遭。988

這些例中的「遭」前就有「一」「兩」「幾」「一二十」「二十來」「數十」「幾萬」，事實上，遠遠不止這些。

而重疊式的第二個動詞前祇限於「一」，而這個「一」並不表計算單位的數目，因而多數被省去。

我們不同意的是把整個動詞重疊式的第二個動詞都歸爲動量詞，但不否認動量詞中有個別的來自動詞的借量詞，如：

> 石秀拜了四拜。水・560
>
> 那人已拜了四拜。紅・1636

　　通過上面幾個方面的比較，可以清楚地看到：「兒」尾的出現、「一」的大幅度省略、賓語的全面後置、具體格式及使用頻率的成倍、多倍地增長，這些都是《水》、《金》、《紅》三書動詞重疊式的明顯差異，也說明這一時期重疊式發展之快，變化之大。總的來說，就動詞重疊式而言，從《水》到《金》是近代漢語迅猛發展直至頂峰時期，從《金》開始即向現代漢語過渡，到《紅》時，大體上完成了向現代漢語的過渡，此後的一些變化（如賓語的徹底後置，雙音節動詞不完全 A 疊式的淘汰等），大都屬於現代漢語發展的範疇。

　　　　　（原載《安慶師範學院學報（社會科學版）》1992 年第 2 期）

安慶方言的助詞「著」

安慶方言的助詞「著」，特別活躍；和普通話的助詞「著」比較，是小同大異。安慶方言區的人，學習普通話時，對這個「著」，需要引起注意。

安慶方言的「著」，語法意義多種多樣，大致可以從五個方面來介紹。

一、「著」放在動詞、形容詞的後面

主要表示動作的完成，或者肯定已經出現的情況。這個「著」，相當於普通話的「了$_1$」，以及「了$_2$」的一部分。

安慶方言也有個助詞「了」，它可以放在動詞、動賓詞組、形容詞、名詞或數量詞組的後面，主要表示事態的變化、或者表示即將出現情況。這個「了」，相當於普通話「了$_2$」的大部分。為了明瞭「著」的區別，這裡將兩者一併介紹。

（一）放在動詞或動賓詞組後面

有如下一些格式：

1、動＋著＋賓

（1）單獨成句，一般表示動作完成。

> 他寫著一封信。（他寫了一封信。）
>
> 小王買著三本書。（小王買了三本書。）
>
> 這件事我問著小張。（這件事我問了小張。）

家裡來著許多人。（家裡來了許多人。）

（2）不能單獨成句，後面必須再跟小句，表示前一動作完成後再發生後一情況，或者表示前一動作是後一情況的假設條件。

下著班他就家去著。（下了班他就回家去了。）

下著課就走著。（下了課就走了。）

吃著飯再走。（吃了飯再走。）

你到著北京就寫信給我。（你到了北京就寫信給我。）

2、動＋著＋動量詞語

（1）單獨成句，表示動作從開始到完成的時間的長短。

他睡著三個鐘頭。（他睡了三個小時。）

這個燈泡我用著四年了。（這個燈泡我用了四年了。）

那篇文章我寫著九個月。（那篇文章我寫了九個月。）

這裡的時量詞語也可以改為動量：

那個電影我看著兩次。（那個電影我看了兩次。）

（2）不單獨成句，後面必須再跟小句，表示前一動作經歷了若干時間之後才開始後一動作，或者形成某一狀態。

我大學讀著兩年就沒有讀了。（我大學讀了兩年就沒有讀了。）

將將看著二十分鐘就停電著。（剛剛看了二十分鐘就停電了。）

他去著半天才回家來。（他去了半天才回家來。）

你將吃著飯，麼事又餓著？（你剛吃了飯，怎麼又餓了？）

但是這裡的時量詞改為動量或物量之後，再也不能加「著」。

這課書我才讀著兩遍，還背不出來。（這課書我才讀了兩遍，還背不出來。）

信將寫著一半就停下來著。（信剛寫了一半就停下來了。）

3、動＋賓＋了

肯定事態出現了變化，或者將要出現變化，動賓後面用「了」。這個「了」，相當於普通話裡的「了₂」。

下雨了。

他現在也歡喜下棋了。

天快下雨了。

要過年了。

這下攤你下了。（這下該你走〔棋〕了。）

4、動＋著＋賓＋了

「著」表動作已經完成，「了」表事態出現了變化，這相當於普通話的「動＋了$_1$＋賓＋了$_2$」。

他已經買到著票了。（他已經買了票了。）

我兄弟中學畢著業了。（我弟弟中學畢了業了。）

小馬參著軍了。（小馬參了軍了。）

如果句子裡有時量詞語時，只表示動作從開始到目前爲止經歷的時間，不表示整個動作的完成。

我妹妹在家婆家裡住著兩年了。（我的妹妹在外婆家裡住了兩年了。）

王老師教著二十年英語了。（王老師教了二十年英語了。）

他病著老幾個月了。（他病了好幾個月了。）

這裡的時量詞組可以改成動量或物量：

《水滸》我看著三遍了。（《水滸》我看了三遍了。）

這封信我寫著一多半了。（這封信我寫了一多半了。）

但是，如果表示結束性動作時，和普通話相反，「了」可以省掉，「著」卻不能省：

昨兒個我報著名了。（昨天我報〔了〕名了。）

你寫著信了？（你寫〔了〕信了？）

5、動＋著

（1）不單獨成句，後面必須再跟小句，表示這個動作完成後出現另一動作或出現某一狀態。相當於普通話的「動＋了$_1$」：

他看著歡喜死著。（他看了歡喜極了。）

把這塊木頭鋸著做箱子。（把這塊木頭鋸了做箱子。）

也可以表示前一動作是後一情況的假設條件：

飯吃著再講。（飯吃了再說。）

考試考完著才休息。（考試考完了才休息。）

你早講著我就不問你了。（你早說了我就不問你了。）

（2）既表示動作的完成，又表示事態有了改變，相當於普通話的「動＋了 $_{1+2}$」。

他走著，莫等他了。（他走了，別等他了。）

衣裳晾乾著，可以穿了。（衣裳曬乾了，可以穿了。）

米吃完著。（米吃完了。）

6、動＋了

只表示事態有了變化，或者將有變化，相當於普通話的「動＋了 $_2$」。

這個題目我會做了。

衣裳補好著，可以穿了。（衣裳補好了，可以穿了。）

打鈴了，走了。

車子快到了。

火要烏了。（火要熄了。）

（二）放在形容詞後面

1、形＋著

（1）表示一種變化已經完成，出現新的情況，相當於普通話的「形＋了 $_{1+2}$」。

伢子大著，這下子好著。（孩子大了，這下子好了。）

人老著，頭髮白著，病也多著。（人老了，頭髮白了，病也多了。）

這落裡比開先好多著。（這裡比以前好多了。）

我叫你不要去，這下子好著。（我叫你不要去，這下子可好了！）

（2）只肯定已經出現的情況，不表示有過什麼變化，相當於普通話的「形＋了 $_2$」。

這個橘子酸死著！（這個橘子酸死了！）

你這個話講得太好著！（你這話說得太好了！）

他出的鬼點子壞透著！（他出的鬼點子壞透了！）

前兒個買著一本書，今兒個你又送了一本，多著！（前天我買了一本書，今天你又送了一本，多了！）

2、形＋了

只表示將要出現的情況，相當於普通話的「形＋了₂」。

天要黑了。

大椒快要紅了。

「我再跟你買一本，可多 e？」「多了。」（「我再給你買一本，多不多？」「多了。」）

「再跟你加一碗，怎麼樣？」「夠了！」（「再給你加一碗，多不多？」「夠了。」）

3、形＋著＋數量詞語

表示有了變化，並且指出變化的幅度；或者不表示變化，只表示某一性質偏離標準的幅度，相當於普通話的「形＋了₁＋數量詞語」。

將將買的魚，就少著半斤。（剛剛買的魚，就少了半斤。）

病好著一半。（病好了一半。）

你的頭髮長著一點子。（你的頭髮長了一點兒。）

你買的魚少著半斤。（你買的魚少了半斤。）

4、形＋著＋數量詞語＋了

「著」表示變化完成，「了」表示新情況的出現，數量詞語表示變化的程度，相當於普通話的「形＋了₁＋數量詞語＋了₂」。

天黑著兩個鐘頭了。（天黑了兩個小時了。）

病好著一半了。（病好了一半了。）

還不到一年，這個伢子又長高著一寸了。（還不到一年，這個孩子又長高了一寸了。）

書少著三本了。（書少了三本了。）

（三）數量詞＋了

這裡隱含著動詞「有」，表示事態出現了新的變化，「了」相當於普通話的「了$_2$」。

> 三十多年了，我還記得。
>
> 七歲了，還不上學！
>
> 已經二十多個了，夠著。（已經二十多個了，夠了。）

（四）名＋了

這裡隱含著一個表示變化的動詞，表示事態出現了變化，「了」相當於普通話的「了$_2$」。

> 大老人了，還這麼不聽話！（大人了，還這麼不聽話！）
>
> 八月節了。（中秋節了。）
>
> 快寒假了。

（五）「著」「了」的區別

綜合上述，可以列出安慶方言「著」「了」與普通話「了」的比較表於下：

安慶方言	著	了
普通話	動了$_1$賓 動了$_1$時量	
		動賓了$_2$
	動了$_1$賓（了$_2$）	動（了$_1$）賓了$_2$
	動了$_1$	動了$_2$
	動了$_{1+2}$	
	形了$_2$（已出現新情況）	形了$_2$（將出現新情況）
	形了$_{1+2}$	
	形了$_1$數量	
	形了$_1$數量（了$_2$）	形（了$_1$）數量了$_2$
		數量了$_2$
		名了$_2$

從表可以看出，安慶方言的「了」只相當於普通話的「了$_2$」（大部分），「著」則相當於普通話的了$_1$（全部）和了$_2$（一部分）。

二、「著」緊接在動詞的後面

基本上相當於普通話的「著」。

1、表示狀態的繼續。

門還開著。

你穿著一身新衣裳。

2、用於存在句中，表示以某種姿態存在。

書架子上擺著許多書。

馬路上圍著一大老堆人。

椅子上坐著兩個人。

牆上掛著日曆。

手裡拿著一把刀。

3、動₁＋著＋動₂

（1）表示兩個動作同時進行，前者是後者的方式。

坐著講話。

睡著看書。（睡著看書。）

勾著腦殼走。（低著頭走。）

（2）表示手段和目的的關係

搶著要去。

急著要走。

留著給他吃。

吵著走出來。

（3）表示前一動作進行中，又出現第二個動作。

看著看著就唏起來著。（看著看著就叫喊起來了。）

講著講著就睡著著。（說著說著就睡著了。）

走著走著就停下來著。（走著走著就停下來了。）

4、動＋著

用於命令、提醒。

你跟我聽著！（你給我聽著！）

好好記著！

不要瞎跑，就家裡坐著！

5、值得提出的是，「著」不表示動作正在進行，因爲表示動作完成也用「著」。要表示動作正在進行，一般多借助於動詞前面加上副詞「正在」「在」等。

他們在下棋。

他現在在看報。

不要進去，他們正在罵架。

三、「著」附在動詞後面

連接表示人或事物跟隨動做到達某地的詞語，格式是「動＋著＋名（處所）」，相當於普通話的趨向動詞「到」，但「著」只是助詞。

一下班，他就跑著家裡來著。（一下班，他就跑到家裡來了。）

你那個八勾兒飛著麼落裡去著？（你那隻八哥兒飛到哪兒去了？）

你麼事把鞋子丟著水裡頭去著？（你爲什麼把鞋子丟到水裡面去了？）

當然，多數情況下，還是用趨向動詞「到」，上面這些例子中加點的「著」也可改用「到」。

至於趨向動詞「到」的其他用法，不能用助詞「著」：

想不著下雨著。

雨一直下著夜裡。

他發燒燒著三十九度。

這些例子中的「著」都必須改成「到」。

四、「著」附在動詞後面

連接表示動作達到的處所，格式是「動＋著＋名（處所）」，相當於普通話介詞「在」。

躺著水裡頭。（躺在水裡面。）

掉著桌上。（掉在桌上。）

放著家裡。（放在家裡。）

睡著床上。（睡在床上。）

當然，也可以改用介詞「在」。

這個「著」不是介詞，因為介詞是跟後面的詞語組成介詞詞組「在××」，而「著」只跟在動詞後面組成「×著」，而不能組成「著××」。

至於介詞「在」的其他用法，則不能用助詞「著」，如：

著牆上寫字。

長著四川。

會改著禮拜三。

這些例子中的「著」都必須改用「在」。

五、「著」附在形容詞的後面

連接表示程度的補語，與普通話的助詞「得」的部分用法相同。這種補語只限於否定形式「不得了」（「了」重讀）。

好著不得了！（好得不得了！）

難著不得了！（難得不得了！）

高興著不得了！（高興得不得了！）

便宜著不得了！（便宜得不得了！）

如果補語為副詞，則用助詞「得」。

好得很！

難得很！

高興得很！

便宜得很！

至於助詞「得」的其他用法，都不用「著」：

捨不著吃。

回著來。

來著及。

氣著吐血。

這些例子中的「著」都必須改用「得」。

安慶方言助詞「著」的上述五種用法，以第一種和第二種爲主。「著」的這些特點，可能反映了漢語「著」字虛化過程中的一些情況：

在南北朝時，「著」頗有「在」的意義，如「長文尙小，載著車中」（《世說論語・德行》）。「以綿纏女身，縛著馬上，夜自送女出」（《三國志・呂布傳》）。「寄君蘼蕪葉，插著叢臺邊」（吳均詩）。

到了唐代，「著」又帶有「到」的意思，如「銜泥點汙琴書內，更接飛蟲打著人」（杜甫詩），「日暮拂雲堆下過，馬前逢著射雕人」（杜牧詩）。

直到元代，「了」和「著」的分工還是不夠明確，有時候，「著」表動作行爲的完成，有時候，「了」又表示動作行爲的持續。

直到明代以後，特別是十七世紀以後，「了」和「著」才有了明確的分工。

安慶方言的助詞「著」，有不少地方與漢語「著」字虛化的歷史相似，即許多歷史現象在今天還保留著，而普通話中則已經消失。

安慶方言助詞「著」的特點，連同語法、詞匯、語音的特點，對研究漢語史和現代方言，是很有價值的。

（原載安慶師範學院《教研報》1989 年第 3～4 期合刊）

安慶方言形容詞的生動形式

　　和普通話及各方言一樣，安慶方言的形容詞也有著豐富的生動形式，它可以在詞的基本意義之外，添上生動、具體、程度、感情色彩等附加義。這種生動形式可分為附綴式和重疊式兩種。

一、附綴式

（一）附綴式的組成部分

　　安慶方言形容詞的附綴式由詞乾和附綴兩部分組成。

1、詞幹

　　詞幹本都是實詞，只是在附綴式中才退居為詞素。一般都是單音節，極少數為雙音節。

　　詞幹絕大多數是形容詞性詞素，如：大、小、肥、瘦、濃、稀、直、彎、平、糙、燙、冷、香、臊、能、孬、急、假、小氣、老實、赤亮、可憐……

　　少量為名詞性詞素和動詞性詞素，如：水、漆、骨、冰、火、臭氣……笑、癢、喜、樂、慌、死、響……

　　不同性質的詞乾和附綴之間的語法關係不同。形容詞性詞乾和附綴之間是狀形關係（雪白——像雪一樣的白）和形補關係（輕飄飄——輕得飄飄地），名詞性詞乾和附綴之間是主謂關係（血淋淋——血直淋直淋地），動詞性詞干與附

綴之間是動補關係（病歪歪——病得歪歪地）。

不同性質的詞幹，如不與附綴結合，造成的結果也不同。形容詞性詞幹構成的附級式，去掉附綴，詞幹仍是一個能獨立使用的詞，不僅詞性相同，而且基本意不變，如「輕」與「輕飄飄」都是形容詞，基本義都是輕。而名詞性詞幹或動詞性詞幹構成的附綴式，如果去掉附綴，雖然也是能獨立使用的詞，但詞性則不同，基本義也相差較大，如：「血」是名詞，「血淋淋」是形容詞，前者表事物，後者表物的狀態；「病」是動詞，「病歪歪」是形容詞，前者表動作、行為的狀態。

2、附綴

附綴是決定詞的生動義的一個成分，可分獨字、疊字和異字三類。

（1）獨字

此類爲數很少，只作前綴，如：

　　a、冰、雪、壁、筆、添、烏、焦、透、濕、噴、翻、滾、繃……

　　b、嶄、基、希、生……

（2）疊字

此類爲數眾多，作後綴，如：

　　a、縮縮、抓抓、爬爬、摸摸、整整、繃繃、睜睜、淋淋、墩墩、飄飄、冷冷、淨淨、禿禿……

　　b、廓廓、嘁嘁、立立、基基、希希、噝噝、咧咧、乎乎、沰沰、兜兜、篤篤、拋拋……

（3）異字

此類爲數極少，作後綴，如：

　　兩字的：不拉、八拉、巴交、巴希……

　　三字的：不拉茲、不溜秋、不傻基、不拉叉……

附綴中，有些詞匯意義比較實在，如獨字類 a 組和疊字類 a 組，這些本是名詞、動詞或形容詞，字形固定；有些則詞匯意義很虛，如獨字類 b 組、疊字類 b 組和異字類，這些原本不是實詞，只是根據同音（近音）借用一字書寫而已，因而常有異體。

（二）附綴式的格式

爲使格式簡明起見，用大寫 ABC 代替詞幹、用小寫 xyz 代替附綴。附綴式分前綴式和後綴式兩類。

1、前綴式

此式爲數不多，前綴只用獨字類附綴，格式爲 xA，如：

> 毛糙、希癢、冰冷、雪白、壁陡、漆黑、烏紫、焦乾、透濕、
> 溫熱、噴臊、噴香、翻滾、滾燙、嶄新、精光、梆硬、基酸、生鹹、
> 通紅、瘟臭……

前綴式一般都沒有感情色彩，只是客觀地給以描繪，好的壞的均能用，如「噴」，既能構成「噴香」，又能構成「噴臭」；只有個別的附有某些感情色彩，如「瘟」只能放在「臭」「臊」「腥」「餿」「苦」這類詞幹之前，貶義色彩很濃，給人以厭惡之感。

2、後綴式

這是附綴式的主體，有如下一些格式。

（1）Axx

這是使用最多的格式，詞幹多爲形容詞性，少數爲名詞性和動詞性，附綴詞匯意義有實有虛。如：

> 矮墩墩、窮光光、圓滾滾、輕飄飄、涼颼颼、亂糟糟、濕淋淋、
> 急抓抓、癢爬爬、肥沰沰、能姣姣、老廓廓、瘦基基、肥篤篤、長
> 躍躍、鬆抛抛、軟塌塌、整兜兜、臊哄哄、活巴巴……

> 氣鼓鼓、水淋淋、油膩膩、眼睜睜、冰冷冷、水基基、氣乎乎、
> 汗津津、火辣辣、水漬漬、血乎乎、鬼戳戳……

> 顫兢兢、病歪歪、響噹噹、笑眯眯、笑滋滋、笑呵呵……

本類一般不帶感情色彩。

（2）Axy

此式極少，詞幹爲形容詞性，附綴意義虛，含貶義色彩，如：

> 雜不拉、雜八拉……

（3）Axyz

此式很少，詞幹多爲形容詞性，多具貶義色彩，如：

　　瘦不拉基、黑不拉基、甜不拉基、酸不拉基、甜不拉茲、黑不

拉出、白不傻基、團不溜秋、圓不溜秋、光不溜秋、仰不拉叉……

（4）ABxx

本式極少，AB 可以是雙音節詞，也可以是詞組，如：

　　可憐巴巴、小氣巴巴、赤亮霞霞、臭氣哄哄……

（5）ABxy

本式極少，AB 與上同，如：

　　老實巴交、尖頭巴希……

二、重疊式

重疊式是指形容詞本身不同程度、不同方式重疊的一種形式，可分完全重疊與不完全重疊兩類。

（一）完全重疊

這是重疊式的主體，有如下一些格式。

1、AA

一般的單音節形容詞都可以重疊。作補語時，後面必須跟「的」，如：

　　吃得飽飽的

　　離得遠遠的

　　放得鹹鹹的

　　長得乖乖的

　　打得死死的

作狀語和定語時，後面可以跟「的」也可以不跟「的」，如：

　　狠狠（的）捆他

　　好好（的）看著

　　活活（的）打死

　　滿滿（的）一大碗

整整（的）一年

2、AABB

此式多是並列式形容詞的重疊，如：

濛濛實實、紅紅火火、撩撩俏俏、眯眯媽媽、斯斯文文、齊齊
整整、親親熱熱、乾乾淨淨、和和氣氣、漂漂亮亮、大大方方……

3、ABAB

此式是狀形式雙音節形容詞的重疊，如：

煞白煞白、滾熱滾熱、冰冷冰冷、筆直筆直、烏紫烏紫、雪白
雪白、梆硬梆硬、筆挺筆挺、老高老高……

（二）不完全重疊

重疊式中，此類很少。

1、AAB

此式是狀形式雙音節形容詞的一種重疊方式，如：

溫溫熱、冰冰冷、繃繃脆、梆梆硬、噴噴香、通通亮……

這些不能看作xxA，因為重疊部分不是疊音前綴，而是詞素（儘管原也是前綴）的重疊，即使不重疊，仍然可作一個單獨使用的雙音節形容詞（溫熱、冰冷、繃脆、梆硬、噴香、通亮）。

2、ABB

此式適用範圍比上式要寬，不限於狀形式雙音節詞，如：

好生生、齊整整、慌張張、死板板、惡狠狠、乾癟癟、孤零零、
火辣辣、光禿禿……

這些也不同於後綴Axx，因為Axx中的xx是疊音，去掉一個x，詞則不能成立（如「風颮」、「長夭」、「矮墩」）；而ABB本是AB的重疊。

3、A裡AB

此式一般含有貶義，如：

毛裡毛躁、渾裡渾沌、冒裡冒失、古裡古怪、流裡流氣、馬裡
馬虎、嬌裡嬌氣、餓裡餓實、胡裡胡塗……

4、ABAC

此式和上式不同，只能把四個字看作一個詞，去掉前兩個字或後兩個字都不能成詞。多含有雜亂的色彩，如：

　　瞎七瞎八、夾咕夾六、摸抓摸撓、刮鍋刮灶、摳頭摳腦……

總起來說，就結構而言，附綴式基本上是以單音節詞爲基礎，通過添加附綴而成。重疊式則是以雙音節或單音節詞爲基礎，通過各種方式重疊而成；就意義而言，附綴式著重表生動，也可表程度，重疊式則著重表程度，也可表生動。兩者從結構到意義，相互補充，構成了安慶方言完整的形容詞生動形式系統。

（原載安慶師範學院《教研報》1992 年第 2 期）

掌握對應規律，抓住重點難點
——談談安慶人學習普通話

方言與普通話的差異，語法最小，詞匯較小，語音最大。因此，學習普通話，重點是語音。

「曲不離口，拳不離手」，這是人們對通過實踐掌握知識技能這條認識規律的形象概括。學習語言，掌握語言這個交際工具，也是如此，要實踐，要練，也即要多聽、多講。捨此別無他法。

當然，多聽多講，並不等於死聽死講，還應多動腦筋，要運用理論來指導實踐。這樣，就可以更快更好地取得效果。

現在的大學生，一般是從中學到現在，一直都在學習外語，已或多或少地掌握了語音理論知識；同時從小學到中學，都學習漢語拼音，又或多或少地掌握了漢語語音知識；而中文系學生更學習了語音（包括現代漢語）專業課程，掌握的理論知識更多一些。這些理論知識，可爲我們學習普通話提供很大的方便：歸納本方言的音系，找出本方言與普通話的對應規律，明確重點與難點。

本文打算簡單地介紹一下安慶方言與普通話的對應規律，以及安慶人學習普通話時應注意的重點與難點。雖然談的是安慶方言，其他方言區的人也可從中得到啓發。

　　筆者前幾年曾應中國社會科學院語言文字應用所及安慶地方志委員會之約，對安慶方言作過系統的調查與研究。關於安慶方言的音系，曾於本刊 1989 年第 1 期作了介紹（因受印刷條件的限制，無法使用國際音標，只好通過文字或附加符號說明來折合成漢語拼音字母）。本文一般不再重複。

　　安慶音系和普通話及其他方言一樣：聲調最簡單，聲母複雜一些，韻母最複雜。從事實及聽感來看，安慶方言與普通話的差異，聲母很小，聲調較大，韻母最大。因此，安慶人學習普通話，三部分中，韻母、聲調是重點；當然三部分本身又各自有重點。下面按聲調、聲母和韻母的次序介紹。

一、聲調

　　安慶方言與普通話的調類、調值的對應如下表。

調　　類	調　　　　值		例　　　　字
	安慶話	普通話	
陰　平	31	55	今天公司開張
陽　平	35	35	前年皮鞋行時
上　聲	313	214	所以苦死老表
去　聲	53	51	快去大慶報到
入　聲	55		昨日拉薩落雪

　　從上表可以看出，在聲調方面，可以抓住調值轉換和入聲字處理兩個問題。

（一）調值轉換

　　陰平、陽平、上聲、去聲這四個調類安慶話與普通話共有，而且安慶話的這四個調類的屬字也幾乎全部（只極個別字例外）是歸入普通話相應的調類（但是不能反過來說，普通話各聲的屬字等於安慶話相應各聲的屬字，因為它還分別包括了古入聲字，也即安慶話的入聲字）。這四類字占總字數的 60%以上，解決好這些字的調值轉換，也就解決了聲調方面的大問題。

　　四聲中，調位轉換的難易程度不一。

　　陽平最容易，因為兩者均相同。當然實際上安慶話的起點略高於普通話，為 3.5，因此，換成普通話陽平時，起點要略略降低至 3。

去聲相當容易，因兩者均為高降調，起點均為 5，只是落點安慶話要高。因此，換成普通話去聲時，落點要一直降到最低點。

上聲也比較容易，因為都是先降後升，只是起點與落點略有不同。換成普通話上聲時，起點要降低一點而落點要提高一點。

陰平難一些，普通話為高平，安慶話為低降，兩者差別極大，這是調值變換的重點。安慶人發普通話陰平時，把 21 換成 55，起點直至終點，始終維持最高度，就像安慶人發入聲那樣。

（二）入聲字處理

古代漢語有入聲，今天多數方言都保留了下來，安慶方言也是如此；而普通話已沒有了入聲，古入聲各字，則分別派入了陰平、陽平、上聲和去聲，且沒有什麼規律。因此，安慶人學普通話，在聲調方面，如何處理入聲字，是一個最大的困難，這是難點，也是重點。對這部分字，只有多查字典，多聽廣播影視的發音，有心地記，有心地練。這是無可奈何的死辦法，但又必須得用。否則，方言色彩很濃。

二、聲母

安慶方言的聲母，在數量上，和普通話一樣，有 22 個：兩者相同的有 21 個；另一個是，安慶話有 ng-無 n-，普通話有 n-無 ng-。

在聲母音值方面，和普通話共有的 21 個完全相同或幾乎完全相同（如果嚴格區別的話），安慶人要注意發好普通話的聲母 n。

聲母方面的重點是各母的屬字。和普通話比較，屬字有下面幾種情況。

a、完全相同的，有 b、m、d、t、r 5 個聲母。

b、全部轉入普通話另一聲母的只有 1 個，即 ng 轉入 o。

c、絕大多數與普通話相應的聲母相同，只有極個別的字轉入其他聲母的，如 p，幾乎全部為普通話的 p，只有「鈀」為 b、「訃」為 f。這類聲母共有 11 個：p、zh、ch、sh、j、q、x、g、k、h、o。

d、多數與普通話相應的聲母相同，少數轉入其他聲母，如 z，多數為普通話 z，像「助」等少數字則為 zh。這類聲母有 3 個：z、c、s。

e、部分為普通話相應的聲母，部分為其他聲的，只有 1 母 1 個，即安慶的

l除了普通話的全部l母字外，還包括普通話的全部 n 母字，還有極個
別的 o 母字。

上述五種情況，安慶人學習普通話時，可以區別對待。a 類毫無問題。b
類雖是聲母不同，但可整類字的變換，只需將聲母 ng 去掉就可以，也容易。c
類只需記住極個別或個別的例外字，也不難。d 類需要記住少數屬別的聲母的
字，要難一些。e 類最難，需要區別在普通話中，哪些屬於 l 母，哪些屬於 n
母，這是最大的難點，也是聲母中最大的重點。當然，說它難，也並非要逐字
死記，也可在「難」中找「易」。「易」表現在兩方面：一是普通話中 n 母字比
l 母字少得多，二是兩類字中都多數爲形聲字。這樣，可以確定 n 母字爲重
點，n 母字中又注意記住一些使用較多的聲旁（如：內乃囊堯惱尼兒聶涅甯醜
農奴若……）及一些使用頻率高的字（如：那拿南難鬧能你年念娘鳥尿牛弄
女……），這就解決了大部分 n 母字問題。

三、韻母

（一）數量與音值

如果把「資」〔i（前）〕「支」〔i（後）〕分開的話，安慶方言與普通話的韻
母均爲 39 個。自然各自具體的韻母不盡相同，情況如下：

a、安慶方言與普通話共同的計 26 個：a、o、e、er、i、u、ü、i（前）、i
（後）；ia、ua、ie、üe、uo、ei、uei；an、ian、uan、en、in、uen、ün、
ong、ing、uong（ueng）。

b、安慶方言有而普通話無的計 13 個：a（⊥）、ia（⊥）、ua（⊥）、o（T）、
io（T）、ue、io、eu、ieu、on、uon、ien、üen。

c、安慶方言無而普通話有的計 13 個：e、ai、uai、ao、iao、ou、iou、üan、
ang、iang、uang、eng、ing。

上述三類中，a 類音值相同，自然沒有問題；b、c 兩類實爲一個問題的兩
面，要克服 b 類方音，學習 c 類普通話韻母，這是韻母音值方面的重點。

（二）韻母屬字的對應

（1）全部歸入普通話相應的一個韻母的有 14 個。

a、韻母相同的：

　　　　er、i、ia、ua、üe、uei、iong、uong。

b、韻母不同的：

　　　　ia（⊥）－ie（械、懈……）

　　　　ua（⊥）－uai（乖、塊、歪……）

　　　　io（⊥）－iao（笆、料、巧……）

　　　　ieu－iou（劉、秋、尤……）

　　　　ian－iang（江、槍、鄉、良、羊……）

　　　　üen－üan（捐、權、玄、袁……）

此類各韻母的屬字，因全轉可不考慮。a 小類可以連音值都不考慮，b 小類則需轉換音值。

（2）絕大多數歸入普通話相應的一個韻母，只有個別或極個別的例外（括號中的韻母）。

a、韻母相同的：

　　　　a－a（ia）　　i－i（ü）

　　　　u－u（ü、ou）　　ü－ü（u）

　　　　i（前）－i（前）i（後）

　　　　un－un（ung、ün）　　ün－ün（un）

　　　　ong－ong（eng）　　e－e（ei、ai、o、u）

　　　　ie－ie（üe、e）

b、韻母不同的：

　　　　a（⊥）－ai（ie）　　o（⊥）－ao（iao）

　　　　io－üe（ü）　　uan－ang（uan）

　　　　on－uan（an）　　uon－uan（üan）

　　　　ien－ian（üan）

此類各韻屬字一般沒有什麼問題，也可以採用上一類的辦法，不同的是盡可能記住個別或極個別的例外字。b 小類中的 ia（⊥）、ua（⊥）和 io（⊤）、o

（T）反映了安慶韻母特點之一——缺乏-i 尾韻和-u 尾韻，應注意這個特點。

（3）多數歸入普通話相應的一個韻母，少數歸入其他韻母。

uo－uo（e）

o－uo（o・e）

ue－uo（üe・u）

ei－uei（ei・i）

eu－u（eu・ü）

此類問題稍大，因為「少數」是就整體而言，而其體的數量卻不少，這部分字要相當注意。這類大致反映安慶方言韻母的另一特點——u-介音缺乏，對多數字要注意加上 u-介音。

（4）部分歸入普通話相應的韻母，部分歸入其他韻母。

an－an、ang（ian、iang）

en－en、eng（un、ing、ün）

in－in、ing（ün）

此類問題最大，因為安慶一個韻母歸入普通話兩個韻母（還包括零星地屬於其他韻母）。這一類（還有前面的 ian、uan）反映了安慶韻母最大的特點——基本上-n、-ng 不分，多數-ng 併入了-n。這既是處理韻母屬字的最大重點，也是轉換韻母音值的一大重點，要特別注意。

由於篇幅有限，只能粗略地談，不便細緻描述，也不便列出具體的屬字。只此，也還是可以大致看出對應規律及重點難點。自覺的注意這些，有利於較快地說出方音較少的較為標準的普通話。

（原載安慶師範學院《教研報》1992 年第 3、4 期合刊）

安慶方言

一、簡介

安慶市位於安徽省西南部，長江北岸，是黃梅戲的故鄉。全市面積 470 平方公里。1982 年時，人口 45 萬，其中絕大部分爲漢族。

安慶在南宋後一直爲安慶路、安慶府治所，清末爲安徽省治所，1912 年廢。1949 年析懷寧縣設安慶市。安慶一向爲內江繁華的商業老城，其文化和語言在皖西南長江沿線地區有一定的影響。

安慶方言屬江淮官話。方言內部可按年齡分爲老、中、青三個層次，各個層次間的差別不大。本材料記錄的是中年人使用的安慶方言。發音合作人：董學明，男，44 歲，大學文化，幹部，生長在安慶，方言純正。

二、聲母表

b	巴病	p	坡平	m	馬明	f	化分
d	大鄧	t	太庭	l	難林		
z	栽贈	c	猜村	s	色生		
zh	知張	ch	癡常	sh	詩傷	r	日認
i	機匠	q	齊腔	x	西香		
g	高哥	k	開康	ng	安愛	n	河後
o	阿牙聞雲而						

三、韻母表

i 資司	i 齊力	u 普不	y 雨曲
ɿ 支失			
ɚ 而二			
a 把雜	ia 嘉洽	ua 抓襪	
ɛ 台鞋	iɛ 解諧	uɛ 乖歪	
ɔ 包少	iɔ 標要		
e 者北	ie 姐別	ue 國獲	ye 靴月
o 多割	io 略育	uo 鵝郭	
ei 堆錐	uei 灰桂		
eu 頭足	ieu 有糾		
an 蘭鹹忙	ian 將羊	uan 關汪	
ien 天煙	yen 全元		
on 伴酸	uon 歡軟		
ən 根燈	in 因聽	uən 春橫溫	yn 均雲
oŋ 夢蟲	ioŋ 榮窮	uoŋ 翁甕	

四、聲調表

陰平	31	波他秧彎	陽平	35	駝爬良才
上聲	213	體馬黨晚	去聲	52	過怕替靠
入聲	55	敵六塔服			

五、音系說明

1、聲母 n、l 自由變讀，以 l 為常。

2、韻母 u 舌位稍前；韻母 ü、y 唇形不太圓。

3、韻母 a、ia、ua 中的 a 的實際音值為 A。

4、韻母 e、ie、ue、ye 中的 e 的實際音值近於 E。

5、韻母 eu、ieu 中的 u 實際音值近於 ʉ。

6、韻母 on、uon、oŋ、ioŋ、uoŋ 中的主要母音的音程較短，鼻音尾-ŋ 的時值較長。

7、入聲韻無喉塞尾。

六、聲韻配合關係

	開口呼	齊齒呼	合口呼	撮口呼
b p m	＋	＋	限 u	－
f	＋	－	限 u	－
d t	＋	＋	＋	－
l	＋	＋	－	＋
z c s	＋	－	＋	－
zh ch sh r	＋	－	＋	－
j q x	－	＋	－	＋
g k h	＋	－	＋	－
ŋ	＋	－	－	－
Ø	＋	＋	＋	＋

七、兩字組的連讀變調

1、前字為陰平，後字為陰平、上聲，前字調值由 31 變為 35。例如：

　　陰平＋陰平　秋收　飛機　　　陰平＋上聲　資本　擔保

2、前字為上聲，後字為陽平、去聲、入聲，前字調值由 213 變為 34。例如：

　　上聲＋陽平　火爐　草鞋　　　上聲＋去聲　韭菜　手套

　　上聲＋入聲　小學　努力

3、前字為去聲，後字為陰平、上聲，前字調值由 52 變為 45。例如：

　　去聲＋陰平　唱歌　電燈　　　去聲＋上聲　報紙　大米

4、前字為去聲，後字為去聲、入聲，前字調值由 52 變為 54。例如：

　　去聲＋去聲　戴帽　炸彈　　　去聲＋入聲　破裂　教育

5、前字為入聲，後字為陰平、陽平、上聲、去聲、入聲，前字調值由 55 變為 5。例如：

　　入聲＋陰平　國家　石膏　　　入聲＋陽平　國防　足球

　　入聲＋上聲　鐵板　侄女　　　入聲＋去聲　筆記　腳步

　　入聲＋入聲　節約　及格

安慶同音字表

i

聲＼調	陰　平	陽　平	上　聲	去　聲	入　聲
z	資姿諮茲滋輜		紫姊子梓	自字	
c	雌疵	瓷餈慈磁辭詞祠	此	刺賜次伺寺嗣飼	
s	斯廝撕私師獅司絲思~想		死	四肆似祀巳思 意~事士俟侍	

i

聲＼調	陰　平	陽　平	上　聲	去　聲	入　聲
zh	知支枝脂之芝		紙只~有旨指 止趾址	滯制智致稚至置治痔峙志痣窒	汁侄秩質直值織職殖植擲只一~雞炙蟄執
ch	疾鴟	池馳匙遲持	侈齒	翅	餁赤尺斥
sh	施屍詩	時鰣	豕矢屎始史	世誓逝勢是氏豉示視嗜市恃式試	濕十什拾實失室識飾食蝕適釋石
r					日

i

聲＼調	陰　平	陽　平	上　聲	去　聲	入　聲
b			彼鄙比	蔽敝幣弊斃陛閉算裨俾婢秘泌鼻	筆畢必弼逼碧壁璧
p	批披	皮疲脾琵	丕庀	屁	匹僻辟劈霹
m		迷謎糜彌靡	米		蜜密覓
d	低		底抵	帝第遞弟地	的滴嫡笛敵狄糴
t	梯	堤提題蹄啼涕	體	替	踢剔
l		泥倪尼呢黎犁離籬璃麗高~梨厘	你擬禮李裡理鯉	膩例厲勵麗美~隸荔離利痢吏	昵匿溺逆立粒栗力曆律率效~

	陰平	陽平	上聲	去聲	入聲
j	薺雞稽覊饑肌基姬幾~乎機譏		擠幾~個己紀	祭際穄濟計繼系~鞋帶寄技妓冀記忌既季	緝集輯急級及給汲疾吉即鯽稷棘極戟屐積跡脊籍藉擊激績寂
q	蛆白妻淒棲欺	齊臍奇騎岐祁耆鰭其期棋旗祈	啓企起杞	去白砌契器棄氣汽	泣七漆膝乞迄訖戚吃
x	西犀奚兮溪犧嘻嬉禧熙希稀攜		洗喜	絮細胥婿系關~戲	戌恤息媳熄隙昔惜席夕錫析習襲吸悉

i

調聲	陰 平	陽 平	上 聲	去 聲	入 聲
Ø	醫伊醫衣依	宜誼儀移夷姨疑沂怡貽遺	蟻椅矣已以	義議藝囈詣易難~懿肆意異毅憶億刈	邑縊揖乙一逸抑弋翼益亦譯易姓液腋

u

調聲	陰 平	陽 平	上 聲	去 聲	入 聲
b			補捕	布步怖埠部簿	不脖
p	鋪~開	蒲菩	普脯浦甫譜	鋪店~訃	勃璞僕曝瀑撲卜
m		模	母拇	募墓暮慕	沒木沐目牧穆
f	夫膚敷	俘符扶浮	府腐俯斧撫腑輔否	父付傅賦赴附婦負阜富副	復弗拂彿佛縛福蝠幅腹覆服伏
zh	豬諸居白車~馬炮誅株朱蛛硃珠拘白		煮舉白主矩白	巨白拒白距白著箸據柱駐住注鑄鋸句白聚	竹築逐軸祝粥燭囑屬橘白局白菊白
ch	區白	除儲渠褚廚雛殊	處相~鼠	處~所	出絀畜~牲觸曲屈
sh	書舒須需樞輸		暑薯署黍墅	緒庶恕豎樹戍	術述秫淑熟贖束蜀
r		如文	汝		

	陰平	陽平	上聲	去聲	入聲
q	姑辜孤		古估賈股鼓	故固顧雇	骨谷穀
k	枯箍		苦	褲庫	哭窟酷
h	乎呼	胡蝴湖狐壺瓠	虎滸	戶滬戽護互	忽核~子斛
Ø	烏汙塢巫誣	吳吾梧無毋	五伍午舞捂武侮鵡	誤悟惡厭~務霧戊	勿沃屋

y

聲　調	陰　平	陽　平	上　聲	去　聲	入　聲
l			女		
j	疽居文拘文駒俱		舉文矩文	巨文距文拒文句文具懼	橘文局文菊文
q	蛆文區文趨驅	徐	取娶	趣去文	麴
x	虛噓墟			序敘	
ǿ	淤迂	如白魚漁于余儒愚虞娛盂	語與雨宇禹羽乳	譽預豫禦籲榆逾愉芋喻裕遇寓玉	鬱

or

聲　調	陰　平	陽　平	上　聲	去　聲	入　聲
ǿ		兒而	爾耳餌	二貳	

a

聲　調	陰　平	陽　平	上　聲	去　聲	入　聲
h	巴芭疤琶	爸	把	霸把~柄壩罷	八拔鈸跋
p		爬		怕	
m	媽	麻痲蟆	馬碼	罵	抹
f					法乏發伐筏罰
t			打	大	答搭達
d	他				踏塔塌榻獺
l	拿				納捺拉臘蠟鑞辣瘌

	陰平	陽平	上聲	去聲	入聲
z					雜
c					擦
s			灑		撒薩
zh	查_姓渣			詐榨炸_{~彈}乍	筲眨閘炸_{油~}桼札鍘柵
ch	叉杈差_{~不多}	茶搽查_{檢~}		詫岔汊	插察
sh	沙紗		傻		殺霎
g	家_白			架_白駕_白嫁_白	夾_白甲_白；_{指~}
kʰ		蝦_白；_{~蟆}			掐
ŋ		牙_白			軋鴨_白
x				下_白	瞎轄
∅	阿				

ia

聲＼調	陰 平	陽 平	上 聲	去 聲	入 聲
j	家_文加嘉		假_真~賈_姓	假_{~期}稼架_文駕_文嫁_文價	甲_文夾_文
q					洽恰
x	蝦_文；_{~子}	霞瑕遐暇		下_文夏廈	狹峽匣狎俠挾
∅	鴉丫	牙_文芽衙訝迓	雅啞	亞	鴨_文押壓

ua

聲＼調	陰 平	陽 平	上 聲	去 聲	入 聲
zh	抓				
sh			耍		刷
g	瓜		寡	掛卦褂	刮括
k	誇		垮侉	跨	
h	花	華_{中~}劃_{~船}		化華_姓畫話劃_{計~}	猾滑
∅	娃蛙哇		瓦	窪	挖襪

ɛ

調 聲	陰 平	陽 平	上 聲	去 聲	入 聲
b			擺	拜敗稗	
pʰ		排牌		派	
m		埋	買	賣邁	
d	呆發~		歹	待怠殆戴代袋貸帶大~夫：醫生	
tʰ	胎	台苔抬		太泰態	
l		來	乃奶	耐奈賴癩	
z	災栽		宰載年~	載~重再在	
c	猜	才財材裁	彩睬采	菜蔡	
s	腮			賽曬	

ɛ

調 聲	陰 平	陽 平	上 聲	去 聲	入 聲
zh	齋			債寨	
ch	釵差出~	柴豺			
sh	篩				
g	該街秸階白		改解白	溉丐蓋芥尬疥介	
k	開揩		凱愷慨概楷		
ŋ	哀唉挨	呆埃	矮藹靄	愛礙艾隘	
r		孩鞋還~有	海蟹	害亥駭	

iɛ

調 聲	陰 平	陽 平	上 聲	去 聲	入 聲
j	階文		解文	界戒	
x		偕		解姓懈	

uɛ

調 聲	陰 平	陽 平	上 聲	去 聲	入 聲
ch			揣		
sh	衰摔			帥率~領	
g	乖		拐	怪	
kʰ			蒯姓	快塊筷劊會~計	
h		懷槐淮		壞	
∅	歪			外	

ɔ

調 聲	陰 平	陽 平	上 聲	去 聲	入 聲
b	包胞褒		保堡寶飽	報抱暴豹爆鮑雹	
pʰ	拋	袍刨	跑	泡炮	

ɔ

調 聲	陰 平	陽 平	上 聲	去 聲	入 聲
m	貓	毛矛茅	卯	冒帽貌	
d	刀叨		倒翻~島禱	到倒~車盜導道稻	
tʰ	搯	桃陶萄濤掏	討	套	
l	撈	勞嘮牢鐃撓	腦惱老	鬧	
z	遭糟		早棗澡	蚤皂造躁灶	
c		曹槽	草		
s	騷臊		嫂掃~地	掃~帚	
zh	朝今~昭招		爪找沼	罩趙兆肇召照詔	
ch	抄超	巢朝~代潮	吵炒		
sh	燒捎梢	韶~關	少多~	少~年紹邵潲稍	

	陰平	陽平	上聲	去聲	入聲
		饒	繞圍~擾	繞~線	
g	高膏羔糕		搞稿	告窖覺	
k	敲		考烤	靠犒	
ng		熬敖	襖咬懊~惱	傲奧懊~悔拗	
h	蒿薅	豪毫號~叫	好~壞	好喜~號召~浩	

ci

聲＼調	陰　平	陽　平	上　聲	去　聲	入　聲
b	膘標彪		表		
pʰ	飄漂~流	瓢嫖	漂~白	漂~亮票	
m		苗描	藐渺秒	廟妙謬	
d	刁貂雕		鳥	吊釣掉調~動	
tʰ	挑條調~整			跳糶	
l		聊遼撩寥燎	了~斷	尿廖料	

ci

聲＼調	陰　平	陽　平	上　聲	去　聲	入　聲
j	澆焦椒驕嬌交郊膠教~書		繳剿矯絞狡鉸攪	叫教~導轎校~較對	
q	鍬繰悄	樵瞧喬橋	巧	竅俏鞘	
x	蕭簫囂消宵霄硝銷肖	淆	小曉	嘯笑孝效校上~	
ǿ	麼妖邀腰要~求夭	堯搖謠窯姚肴	杳舀	要重~耀	

e

聲＼調	陰　平	陽　平	上　聲	去　聲	入　聲
b					北百柏伯迫白帛陌
pʰ					泊拍珀魄
m					墨默麥脈

	陰平	陽平	上聲	去聲	入聲
d					得德
tʰ					特文
l					肋勒
z					賊則側擇澤宅窄摘責
c					測惻拆圻策冊廁
s					澀瑟虱塞色
zh	遮		者	蔗	輒折哲浙
ch	車		扯		徹撤轍
sh	奢賒	蛇	捨	社射赦	攝涉舌設
r			惹		熱
g			給文		革格隔
kʰ					刻克客咳
ŋ					額厄扼軛
h					黑赫嚇核~對

ie

聲\調	陰　平	陽　平	上　聲	去　聲	入　聲
b					別鱉憋
pʰ					撇
m					滅篾蔑
d	爹				跌迭疊牒諜蝶
tʰ					鐵帖貼特白
l					捏孽列烈裂劣
j	嗟		姐	借藉	劫接捷孑傑節截潔結揭竭
q			且		妾切
x	些	邪斜	寫	謝卸瀉	脅協薛褻泄屑歇蠍
Ø	耶椰	爺	也冶野	夜	業葉噎謁

ue

聲＼調	陰　平	陽　平	上　聲	去　聲	入　聲
j					絕白倔白
q		茄白瘸白			缺白
x	靴白				血白穴白
g					虢國
h					或獲惑
ǿ					物

ye

聲＼調	陰　平	陽　平	上　聲	去　聲	入　聲
j					絕文厥孓掘橛決訣倔文
q		茄文瘸文			闕缺文
x	靴文				說血文穴文雪

ye

聲＼調	陰　平	陽　平	上　聲	去　聲	入　聲
ǿ					悅閱月越日粵

o

聲＼調	陰　平	陽　平	上　聲	去　聲	入　聲
b	玻波		跛	播簸	缽撥博薄剝駁
pʰ	坡頗	婆		破剖	潑
m	摸	魔磨~刀摩	某畝牡	磨~子茂貿幕	末沫莫膜寞
d	多		朵躲	舵剁惰墮	掇奪鐸度揣~踱
tʰ	拖	駝馱鴕	妥	唾	脫托
l	羅~嗦	挪胳羅鑼騾螺	裸攞	糯懦	捋落洛駱諾酪絡樂快~烙

	陰平	陽平	上聲	去聲	入聲
z			左佐	坐座做	撮作昨鑿
c	搓			矬銼錯	
s	娑蓑梭唆		鎖所瑣		索塑朔縮
zh					著酌卓桌啄琢濁濯捉鐲
ch					綽戳
sh					勺芍
r					若弱
g	哥歌戈過鍋		果裹	個過	鴿割葛各閣胳角白
kʰ	軻科窠		可苛顆	課	磕渴確殼
ŋ			我		鄂鱷惡
h		何河荷和禾	火夥	賀禍貨	喝合盒盍曷壑鶴霍藿

io

聲＼調	陰平	陽平	上聲	去聲	入聲
l					虐瘧略掠

io

聲＼調	陰平	陽平	上聲	去聲	入聲
j					角文爵腳
q					鵲雀卻怯
x					旭畜～牧蓄學削
ø					欲浴獄鬱育疫役域嶽樂音～約藥鑰躍

uo

聲＼調	陰平	陽平	上聲	去聲	入聲
zh					拙
g					郭廓

聲＼調	陰平	陽平	上聲	去聲	入聲
kʰ					擴闊
h					活豁
Ǿ	窩倭	訛蛾鵝俄		臥餓	

ei

聲＼調	陰平	陽平	上聲	去聲	入聲
b	杯悲卑碑			輩背倍臂避被備蓗	
pʰ	胚坯	培陪賠		佩配轡轡	
m		梅枚玫媒眉楣黴	美每	妹昧媚寐	
f	非飛妃	肥	匪菲	費肺吠痱沸廢	
d	堆			對碓兌隊	
tʰ	推	頹	腿	退	
l		雷	餒儡壘累(積~)	內類累(勞~)淚	
z			嘴	醉罪最	
c	崔催			翠悴粹脆碎	
s	雖綏	隨	髓	遂隧穗歲	

uei

聲＼調	陰平	陽平	上聲	去聲	入聲
zh	追錐			綴贅墜	
ch	吹炊	垂槌錘			
sh		誰	水	稅說(遊~)睡	
r			蕊	銳瑞	
g	圭閨龜規歸		詭軌晷鬼	瑰鱖桂跪櫃貴	
kʰ	盔魁虧窺	奎逵夔葵癸揆	傀	潰愧	
h	灰詼恢麾揮輝徽	回	悔毀	賄匯晦會(開~)繪惠慧諱卉彗	
Ǿ	威巍煨	微薇違圍帷維唯為(作~)緯偽危桅	尾偉葦韋委喂(~養)	未味畏慰胃謂魏位衛為(~什麼)	

eu

聲\調	陰 平	陽 平	上 聲	去 聲	入 聲
m		眸			
d	都兜		堵賭肚豬~子斗北~星抖陡	杜肚妒蠹度渡鍍鬥~爭豆逗	獨讀牘篤督毒
tʰ	偷	徒圖途屠塗頭投	土吐	兔透	突禿
l		奴盧瀘廬驢樓摟	努魯櫓鹵虜屢簍	怒路賂露耨漏陋	鹿綠六陸戮錄祿
z	租鄒		祖組阻走	助奏皺縐驟	卒足
c	粗初	鋤愁	楚	醋措湊	猝族促
s	蘇酥梳疏蔬搜颼餿		數動詞叟	素訴嗽數名詞漱嗽瘦	宿俗肅夙粟速續
zh	周舟州洲		帚	咒紂晝宙	
ch	抽	綢稠籌仇酬	醜	臭	
sh	收		手首守	受獸壽授售	
r		柔揉			入肉辱褥
g	勾溝鉤		苟狗	垢穀夠構購媾	
kʰ	摳		口	叩扣寇	

eu

聲\調	陰 平	陽 平	上 聲	去 聲	入 聲
ŋ	歐謳區姓毆		藕偶嘔	漚慪	
h		侯喉猴	吼	後候厚	

ieu

聲\調	陰 平	陽 平	上 聲	去 聲	入 聲
d	丟				
l	溜	流劉留榴硫牛	紐扭柳		
j	揪鳩鬮灸糾		酒九久韭	就救究舅臼咎舊柩	
q	秋丘	囚求球仇姓			

	陰　平	陽　平	上　聲	去　聲	入　聲
x	修羞休		朽	秀繡鏽袖嗅	
ø	憂優悠幽	尤郵由油猶遊	有友酉莠	又右宥佑柚釉幼	

an

聲＼調	陰　平	陽　平	上　聲	去　聲	入　聲
b	班頒扳幫邦浜		板版榜綁	扮瓣辦謗傍蚌棒	
pʰ	攀	旁滂龐		盼襻絆胖	
m		蠻忙芒茫盲	莽	慢漫幔	
f	番藩翻方肪芳	凡帆煩礬繁房防妨	反仿紡訪	範犯泛梵販飯放	
d	耽擔~任丹單當應~		膽黨	淡擔~子旦誕但彈子~憚蛋當~作宕蕩	
tʰ	貪坍灘攤湯	潭譚談痰檀壇彈~琴堂唐糖塘螳	毯坦倘躺	探炭歎燙趟	
l		南男婪藍籃難~易蘭攔欄囊郎廊狼螂	覽攬欖纜懶曩朗	濫難苦~爛浪	
z	簪臧贓髒肮~		盞	贊暫綻藏髒心~葬	
c	參餐倉蒼	蠶慚殘潺藏	慘產鏟	燦	
s	三珊山桑喪婚~		散鞋帶~了傘嗓	散分~喪~失	
zh	沾粘瞻占~卜氈張章樟		斬展長成~漲掌	站賺蘸占棧戰顫丈杖仗帳	
ch	昌倡	讒饞攙纏蟬長~短腸場常嘗償	廠	懺唱倡暢悵	
sh	杉衫山刪膻扇商傷	裳	陝閃賞餉	贍訕疝善扇膳擅單姓禪上尚	
r		然燃蚺	染冉壤嚷攘	讓	
g	甘柑泔尷幹~淨肝竿間岡剛綱鋼缸肛		感敢橄杆稈擀趕揀港	幹~部虹白	

	陰 平	陽 平	上 聲	去 聲	入 聲
kʰ	堪勘龕看~守康糠	銜白扣	坎砍艦白侃抗炕	瞰嵌看~見	
ŋ	安鞍庵肮俺	昂	眼	暗岸按案雁晏	
h	鼾	含函邯鹹寒韓行航杭	喊罕	撼憾陷旱漢汗翰莧巷項	

ian

聲＼調	陰 平	陽 平	上 聲	去 聲	入 聲
l		娘良梁涼量稱~糧粱	兩輛仰	釀亮諒量數~	
j	將~來漿疆僵姜江		蔣獎槳講	醬匠降下~將大~	
q	槍羌戕腔	牆詳祥強~大	搶強勉~	像	
x	相互~箱廂襄鑲香鄉	降投~	響享想	象相~貌向	
Ǿ	央秧殃	羊洋楊陽揚	癢養	樣恙	

uan

聲＼調	陰 平	陽 平	上 聲	去 聲	入 聲
zh	莊裝樁			壯狀撞	
ch	瘡窗	床		創	
sh	霜雙孀		爽		
q	關鰥光		廣	慣逛	
kʰ	匡筐	狂		況曠	
h	荒慌	還環黃皇蝗	恍謊		
Ǿ	彎灣汪	玩頑	宛婉晚挽	萬	

ien

聲＼調	陰 平	陽 平	上 聲	去 聲	入 聲
b	邊鞭編蝙		貶扁匾	變汴便方~辨辯辮遍	
pʰ	篇	便~宜駢		騙片	
d		綿棉眠	免勉娩緬	面	

t	掂顛		點典	店墊電殿奠佃	
tʰ	天添	田甜填	忝舔		
l	拈	岩粘廉鐮簾奩儼嚴鯰研連聯年憐蓮	斂碾輦撚攆臉	殮驗釅念諗練煉硯戀	
j	監～視尖兼艱奸煎肩堅		減城檢儉簡柬剪繭	鑒監國子～艦文漸劍諫踐箭賤濺件薦見	
q	千簽僉纖鉛殲訐箋	潛鉗乾虔前	淺	欠歉	
x	暹鍁仙鮮軒掀先宣	銜文嫌閑涎賢弦	險鮮～少癬顯選	陷限線羨憲獻現縣	
ǿ	淹閹醃焉蔫煙燕～京	炎鹽閻簷延言筵	掩演堰兗	厭豔焰燕～子咽宴	

yen

聲＼調	陰　平	陽　平	上　聲	去　聲	入　聲
q		全痊泉			
x	喧	旋玄懸		眩	
ǿ	冤	員圓緣沅沿丸元原源阮袁園援	遠	院怨願	

on

聲＼調	陰　平	陽　平	上　聲	去　聲	入　聲
b	般搬			半伴	
pʰ	潘	盤		判叛	
m		瞞饅	滿	漫	
d	端		短	斷段鍛緞	
tʰ		團			
l		鸞	暖卵	亂	
z	鑽～洞			鑽～子	
c			纂	竄	
s	酸			算蒜	

uon

調\聲	陰 平	陽 平	上 聲	去 聲	入 聲
j	專磚捐涓		轉~學卷撰纂	轉~椅傳~記篆絹圈豬~券眷	
q	川穿圈小~子	傳~達椽船拳權鬈	喘犬	串勸	
x	閂拴栓楦				
			軟		
g	官觀冠衣~		管館	貫灌罐冠~軍	
kʰ	寬		款		
h	歡	桓	緩	喚換煥幻患宦	
ɔ́	豌	完	碗皖腕		

ɛn

調\聲	陰 平	陽 平	上 聲	去 聲	入 聲
b	奔崩		本	笨迸	
pʰ	噴~水烹	盆朋彭澎棚		噴~香	
m	悶不說話	門萌盟明白;~朝	猛	孟	
f	分芬紛	墳焚	粉	憤忿糞奮份	

ən

調\聲	陰 平	陽 平	上 聲	去 聲	入 聲
d	敦墩登燈		等	盾頓鄧凳瞪鈍遁	
tʰ	吞	屯豚飩臀囤騰膽藤疼		褪	
l		論~語侖倫淪輪能楞	冷	嫩論	
z	尊遵增憎曾姓爭箏睜			贈	
c	村皴撑	存曾~經層澄又橙乘丞承	忖	寸襯	

	陰平	陽平	上聲	去聲	入聲
s	孫僧生牲笙甥		損筍省	滲遜	
zh	針斟珍榛臻真征蒸貞正~月偵		枕診疹拯整	朕振震陣鎮證癥鄭正端~政	
ch	琛稱~號	沉陳塵辰晨臣澄又橙乘丞承	懲	趁稱相~秤	
sh	深申伸娠升聲	神繩	沈審嬸	甚葚腎慎勝剩聖盛	
r		任姓壬人仁扔仍	忍	任責~妊認刃	
g	今白跟根更庚羹耕		亙哽耿	更~加	
kʰ	坑		墾懇肯啃		
ŋ	恩			硬	
h	亨	痕恒衡	很狠	恨	

in

聲 調	陰　平	陽　平	上　聲	去　聲	入　聲
b	彬賓檳殯濱冰兵		丙秉餅柄稟	病並	
pʰ	姘拼	貧頻憑平評瓶屏	品	聘牝	
m		閩民明文鳴名銘冥	憫敏泯皿	命	
d	丁釘~子		頂鼎	釘~鞋訂定錠	
tʰ	聽汀廳	亭停廷蜓	挺艇		
l		林淋臨鄰鱗磷陵淩菱甯安~靈鈴伶零凝	凜廩嶺領	賃吝令寧~可另佞	
j	今文金襟禁~不住津巾斤筋兢莖京荊驚精晶旌晴經		錦緊僅謹景警井頸	禁~止盡進晉近勁境敬竟鏡競淨靜徑	
q	侵欽親卿清青輕蜻頃傾	尋琴禽擒秦勤芹擎鯨晴情	請寢	慶磬蕈	

x	心辛新薪欣興 ~旺星腥馨	行~爲形刑型 荀旬詢循巡	醒省反~	迅殉信訊釁興 高~杏幸性姓	
∅	音陰蔭因姻殷 鷹鶯櫻鸚纓嬰 英	吟淫銀寅蠅迎 盈贏營塋螢	飲引隱影穎	窨印應響~映	

uən

調\聲	陰 平	陽 平	上 聲	去 聲	入 聲
zh	諄肫均白鈞白 君軍		准	菌白	
ch	春椿	唇醇群裙	蠢		
sh	熏薰勳	純蓴		順訓舜瞬	
g			滾	棍	
kʰ	昆坤		捆	困	
h	昏婚轟葷	魂餛橫宏		混渾	
∅	溫瘟	文紋蚊聞	穩吻刎	問	

yn

調\聲	陰 平	陽 平	上 聲	去 聲	入 聲
j	均文鈞文		迥	俊窘郡菌文	
∅		勻雲	隕永尹允	閏潤熨韻暈運	

oŋ

調\聲	陰 平	陽 平	上 聲	去 聲	入 聲
pʰ		篷蓬	捧		
m		蒙	懵	夢	
f	風瘋封峰蜂鋒	馮逢縫~衣	諷	鳳奉俸縫~隙	
d	東冬		董懂	動凍棟洞	
tʰ	通	同銅桐筒童瞳	桶捅統	痛	

oŋ

聲＼調	陰　平	陽　平	上　聲	去　聲	入　聲
l		籠聾農膿濃隆龍	攏隴壟	弄	
z	宗棕鬃		總	縱粽	
c	聰匆蔥囪從～容	叢從跟～			
s	松嵩		慫	送宋誦頌訟	
zh	中～國忠終鐘盅		塚腫種～類	中射～仲重～量種～樹眾	
ch	充沖春	蟲崇重	寵	銃	
g	公工攻功弓躬宮恭供～給		汞拱～手鞏	貢共供～養	
kʰ	空～虛		孔恐	控空～閑	
h	烘	紅洪鴻虹文	哄～騙	哄起～	

ioŋ

聲＼調	陰　平	陽　平	上　聲	去　聲	入　聲
j		瓊窮穹			
x	兄胸凶	雄熊			
Ø	雍	榮融容熔庸戎絨茸	冗甬湧勇擁	用	

uoŋ

聲＼調	陰　平	陽　平	上　聲	去　聲	入　聲
Ø	翁			甕	

（原載陳章太、李行健主編《普通話基礎方言基本詞彙集・語音卷下》，語文出版社，1996 年，第 1749～1768 頁。本書曾獲得第三屆國家圖書獎、第二屆國家辭書獎一等獎）

漢字的長度優勢

　　漢字的優越性表現在多方面，我們可以從各個不同的角度去考察。本文打算從書寫（或印刷）的長度的角度來談談漢字對「拼音文字」的優勢。

　　漢字是以筆畫爲書寫元件，以音節爲書寫單位，通過若干筆畫的交錯，組成一個方塊形狀。「拼音文字」則是以字母爲書寫元件，以詞爲書寫單位，通過若干字母的排列，一般都組成一個橫向的長方形。就書寫一個詞的長度而言，總的說來，漢字比較短，「拼音文字」則比較長。就書寫成句、段、篇、部而言，用漢字要短，用「拼音文字」長。對「拼音文字」來說，漢字的長度優勢，就在於短。

　　漢字的長度比「拼音文字」短，但是短到什麼程度？漢字的這種短長度有沒有優越性？如果有，又表現在哪些方面。本文就這些問題作一些考察與探討。

一

　　漢字與「拼音文字」的長度比例是 1：1.5。

　　漢字與「拼音文字」的長度比例，如果靠通過對漢語所有的詞逐個地進行對比後才能獲得，這既沒有必要，更沒有可能，因爲漢語的詞至少有幾十萬。但是，選擇幾篇文章來考察，則是可行的，也是比較科學的，因爲字總要連綴成文，成文則不僅包括字數，而且也包括標點符號、段首空格以及段落間隔。

爲此，我們的考察，選擇了《文字改革》「拼寫試驗」欄的如下三篇文章：

　　a、1983 年第 11 期的「zūn zhòng zhī shi zūn zhòng rén cái」（「尊重
　　　　知識、尊重人才」）。

　　b、1984 年第 1 期的「līng hēi tí-bāo de rén」（「拎黑提包的人」）。

　　c、1984 年第 4 期的「biān fu hé léi dá」（「蝙蝠和雷達」）。

　　這三篇「拼寫試驗」的文章，都是以每頁兩欄、每欄 40 行的格式排印的。
我們試以漢字原文按同樣的版面格式排印（採用大小型號相等的五號宋體字，
每行 20 格，一個漢字占一格，標點符號占一格，其中省略號占兩格，每段開頭
空兩格），可以得出如下的比較表。

| | | 「拼寫試驗」行數 | 漢字排印 | | | | | 兩者行差 |
			字數	標點	段首空格	格位合計	所需行數	
《尊》文	第一段	20	215	26	2	243	13	7
	第二段	11	110	16	2	128	7	4
	第三段	16	170	19	2	191	10	6
	第四段	14	155	18	2	175	9	5
	第五段	11	112	9	2	123	7	4
	第六段	5	48	5	2	55	3	2
	全文合計	77	810				49	28
《拎》文	第一段	17	188	32	2	222	12	5
	第二段	5	50	12	2	64	4	1
	第三段	48	515	104	2	621	32	16
	第四段	7	76	18	2	96	5	2
	第五段	5	44	4	2	50	3	2
	全文合計	82	860				56	26
《蝙》文	第一段	5	44	5	2	51	3	2
	第二段	3	30	3	2	35	2	1
	第三段	5	55	7	2	64	4	1
	第四段	8	82	9	2	93	5	3
	第五段	8	83	11	2	96	5	3

第六段	10	102	11	2	115	6	4
第七段	7	69	9	2	80	4	3
全文合計	46	465				29	17
三文合計	205					134	71

從上表可以看出，在所需行數方面，漢字與「拼寫試驗」的比例是：

《尊》文：（49：77）　　1：1.57

《拎》文：（56：82）　　1：1.46

《蝙》文：（29：46）　　1：1.59

三文：（134：205）　　1：1.53

無論單篇也好，還是三篇合計也好，都是在 1：1.50 上下。看來，取 1：1.5 作為漢字與「拼音文字」的長度比例是比較符合實際的。

二

漢字短長度的優勢，根據上面考察所得的 1：1.5 這個長度比例，我們可以從記載、輸送、閱讀、貯藏四個方面來看漢字對「拼音文字」的長度優勢。

（一）漢字的短長度便於記載更多的語言信息

文字是記錄語言的書寫符號系統，是記載與傳播語言信息的重要工具。根據 1：1.5 的比例，在同樣的面積（行數）內，使用同等大小型號的字模，漢字可以比「拼音文字」多記載一半左右的語言信息。如上述三篇「拼寫試驗」的總行數，全部用漢字則可記載 3203 個音節，比「拼音文字」多記載 1066 個音節。在同等條件下，記載語言信息量的多少，可以認為是衡量一種記載工具———文字類型優劣的重要條件之一。1：1.5 這個比例的長度差距是相當大的，漢字在這方面的確佔有明顯的優勢。

由於漢字記載語言的信息量大，它比「拼音文字」可以節約大量的記載版面。在同等的條件下，漢字只需「拼音文字」版面的 2／3，反過來說，「拼音文字」要比漢字多用一半的版面。一份四版的用漢字排印的報紙，用「拼音文字」排印則需六版。像人民文學出版社 1982 年第 1 版的《紅樓夢》，上、中、下三冊合計 1672 頁（其中正文 1648 頁，「前言」8 頁，「校注凡例」4 頁，「目錄」12 頁），如改用「拼音文字」排印，則需 2608 頁。全國一年要出多少報紙？

要出多少刊物？要出多少書？用漢字排印可以節約多少紙張？或者換句話說，如果改用「拼音文字」，要比現在多用多少紙張？這個數字當是極爲驚人的。更何況，文字遠遠不只見之於印刷，還大量見之於人們生活方方面面的書寫。即使就印刷而言，也遠遠不只見之於報紙、刊物和書籍。如果不用漢字，而用「拼音文字」，無疑要增加巨量的紙張消耗。

今天，文字記載語言信息，已不限於使用紙張，更擴大到銀屏。用漢字顯示，所需屏面少，花時也就少；用「拼音文字」顯示，所需屏面多，自然花時也多，而時間，對銀屏來說，總是以分以秒來計算。

（二）漢字有利於書面信息體的輸送

文字記載的信息體，往往要通過各種手段（如郵寄、運輸、傳遞等）輸送，才能使信息得以傳播。由於漢字記載語言信息量大，信息體（報、刊、書籍、文件、信件等）的體積和重量比使用「拼音文字」的信息體要小得多、輕得多，所需的輸送力就少得多。現有出版物、書寫品所需的輸送力已經夠多的了；如果改用「拼音文字」，由於信息體的體積、重量的增加，自然還得增加相當數量的輸送力的消耗，這顯然是不足取的。

（三）漢字有利於書面信息的閱讀

文字記錄語言的主要目的，就是通過語言信息的記載，書面信息體的輸送，讓更多的人通過閱讀而獲得信息，從而使信息能在更大的空間、時間範圍內得以廣泛的傳播。文字的長短對人們閱讀也有著直接的關係：短長度的文字有利於閱讀，長長度的文字則不利於閱讀。這可以從兩方面來看：

如果在同樣面積內記載同量的語言信息，則漢字因其短而型號可大，「拼音文字」因其長而型號必小。字大者則醒目，對視力有利；字小者則需凝視，於視力不利。

如果用同樣型號的字體記載同樣數量的語言信息，則漢字由於短行數可少，「拼音文字」由於長而行數必多。行數少，眼睛移動的幅度小，於視力有利；行數多，眼睛移動的幅度大，於視力不利。

（四）漢字有利於書面信息體的貯藏

文字記載的書面信息體，在印刷、運輸、銷售諸環節中需要貯藏（儘管這

種貯藏，相對來說是短暫的），而更主要的貯藏則在於「消費者」一方，這種貯藏是長期的或永久性的。書面信息體的使用價值多非「一次性」的，往往需要留之於後時、後世，使用是多次性的。圖書館、檔案館、大大小小的部門、單位，直至億萬的個人，都是各種書面信息體的貯藏者。這種書面信息體體積之大小，與貯藏所需的空間、設備都有著直接的關係：體積小，則所佔的空間小、設備少；體積大，則所佔的空間大、設備多。舉個小例：兩書架用漢字印刷的書，如果改用「拼音文字」印刷，則需三個書架。由此可見，漢字由於短，書面信息體的體積小，於貯藏有利；而「拼音文字」由於長，書面信息體的體積就大，於貯藏不利。

總之，漢字的短長度，比「拼音文字」具有明顯的優勢，它不僅有利於語言信息的記載與閱讀，同時也為社會、為個人節約巨大的物質支出。

自然，漢字的這種優勢，並不一定是在我們的祖先造字時即已意識到的，但在長期使用中充分地顯示了出來。今天我們認眞、客觀地評價漢字時，應當充分認識並十分珍惜這一優越性。

（原載袁曉園主編《漢字漢語學術研討會論文集（上）》，

吉林教育出版社，1991 年，第 136～141 頁）

中古漢語並列合成詞中
決定詞素次序諸因素考察

　　並列合成詞是由兩個意義相近、相關、相對或相反的詞素並列而成，如「恭敬」「師友」、「手腳」「利害」等。詞中兩個詞素的先後次序由什麼因素來決定？過去一般認爲是意義。事實證明，意義決定並列合成詞詞素先後次序只限極少數的詞，在絕大多數並列合成詞中並非如此。陳愛文、于平二先生認爲，「決定並列雙音詞的字序的因素有兩個：意義和聲調。」[註1] 這是一種新的很有價值的見解。但陳、于二先生考察的是現代漢語並列雙音詞（根據《普通話三千常用詞表》收集 525 詞）。他們在具體分析中有兩點值得商榷的地方。1、要分別詞的產生時代，不能籠統地都用中古和現代的聲調去衡量。並列合成詞一般爲基本詞彙，是由多少個世紀逐漸積累而成的。普通話的並列合成詞由兩大部分組成：大多數是在中古時期即已形成和使用；一部分則是近代和現代產生的。探討決定並列合成詞素的先後次序，其時代當然應是當初形成之時，而不是形成之後的長期使用過程之中。說聲調決定詞素先後次序，中古的詞只能根據中古的聲調，而不能根據後來的現代聲調；近代、現代的詞，當然是根據現代的聲調，但中古聲調是否仍起影響，也應認眞考察。2、計算合於聲調次序所佔的

〔註 1〕陳愛文、于平《並列雙音詞的字序》，《中國語文》1979 年第 2 期。

百分比，應以所有詞的總數（合於聲調次序的＋不合於聲調次序的＋同聲調的），不應將同聲調的部分排除在外，因為這一部分詞的詞素次序同樣也是聲調無法決定的。由於這兩點處理不妥，影響了該文結論的可靠性。

　　本文考察的是中古漢語的並列合成詞，以具有 230 萬字的《朱子語類》[註2] 作依據的語料，從中收集了 2452 個並列合成詞（包括極少數常用的結構較緊的並列詞組）。這些詞絕大多數是魏晉以來千餘年逐漸形成和使用的，也有極少數出現於上古。我們認為，決定這些詞的詞素排列次序的因素有如下三個方面：語音、意義和習慣。

一、語音

　　組成語音的聲母、韻母、聲調三部分中，對並列合成詞詞素排列次序起影響的，首先是聲調，其次是聲母，至於韻母，則不起任何作用。

（一）聲調

　　中古漢語聲調有平上去入四個，這已為學術界所公認。至於上古漢語，王力先生「比較地傾向於上古的調類有四個。」[註3] 前面已經說過，《朱》書 2452 個並列合成詞，絕大多數出現於中古，極少數出現於上古，都是處於有四個聲調的時代，可以按中古四聲去考察。根據平上去入這個先後次序，這些並列合成詞兩個語素的聲調有順序（第一詞素聲調先於第二詞素）、同序（第一、第二兩個詞素聲調相同）和逆序（第一詞素聲調後於第二詞素）三種。

1、順序

共 1525 詞，有如下六種具體格式：

（1）平上（307 詞）

風景	衰朽	鄉里	虛僞	精巧	師友	奔走	真假	休美
襃獎	經履	都鄙	商賈	深厚	幽顯	華美	男女	煩惱
形體	勞苦	平穩	游泳	桃李	頭首	逃隱	模範	鄰近
恬靜	容受	門戶						

〔註2〕宋・黎靖德編《朱子語類》，中華書局，1986 年，下文均簡稱《朱》。

〔註3〕王力《漢語音韻學》，中華書局，1957 年，第 453 頁。

（2）平去（421 詞）

須用	莊敬	親愛	豐大	栽種	枝幹	功罪	宮觀	蹊徑
希望	乖亂	章句	將次	監繫	趨避	柔順	塗炭	文字
平易	留滯	完備	淆亂	牢固	窮盡	繁細	頭項	圓備
蕪穢	磨弄	辭遜						

（3）平入（390 詞）

精密	虧減	休歇	戈甲	憂戚	絲忽	傾覆	該括	荒寂
心目	更革	充斥	私竊	攻責	剛決	田獵	違逆	排抑
窮達	和悅	塵俗	詳略	焚灼	亡闕	皮殼	摩軋	除擢
殘戮	奴僕	人物						

（4）上去（134 詞）

謹細	土地	狠戾	跪拜	隱避	處置	比併	苑囿	毀譽
等候	展布	理會	宇宙	府庫	感應	淺易	緩慢	輔助
簡暢	審究	阻滯	體認	魯鈍	懶慢	曉諭	舞蹈	遠邁
考訂	碾治	倚傍						

（5）上入（143 詞）

取索	始末	手足	咬嚼	履歷	省察	假設	醒覺	委曲
語默	忖度	緊密	峭拔	果實	感格	本末	顆粒	冷濕
啓迪	管涉	慘刻	簡約	罪惡	動息	紀律	辨別	厚實
聚集	墮落	混雜						

（6）去入（130 詞）

附益	穢濁	困乏	橫逆	曠闊	篡易	棄絕	社稷	計度
面目	慣熟	顧恤	障塞	料度	斷續	膾炙	應接	蘊蓄
厭足	太煞	著述	氣習	禁過	漏落	論列	記憶	淨潔
勢力	潤飾	嗜欲						

2、同序

共 692 詞，有如下四種具體格式：

（1）平平（311 詞）

周匝	牽拖	京師	樞機	奔趨	精面	交相	端莊	丘墟
推敲	須當	鋪舒	擔當	卑污	謙卑	浮華	從違	沉迷
庖廚	懸殊	純良	涵容	言辭	慈祥	皮毛	存亡	形容
遲延	源流	尋常						

（2）上上（72 詞）

永遠	祖考	首尾	舉止	苟簡	主宰	灑掃	果敢	講解
總統	隱顯	短淺	保守	影響	曉解	鼓舞	保養	坎險
水火	久遠	感慨	警省	指點	果勇	罪禍	動盪	道理
重厚	婦女	踐履						

（3）去去（202 詞）

措置	貫串	晝夜	賑濟	禁錮	志趣	寶貴	世界	厭惡
少壯	細碎	頓放	計較	痛快	迸散	涕唾	篡弒	富庶
縱肆	佑助	悖亂	幻妄	憾恨	議論	治亂	潰亂	忌憚
暴橫	漏綻	敝陋						

（4）入入（107 詞）

曲折	摘撮	識察	哭泣	迫窄	築磕	剔脫	得失	卒急
刻剝	執捉	節約	督促	剔刮	發作	急迫	著落	悅懌
日月	過伏	習俗	沐浴	絕滅	掘鑿	祿秩	涉歷	植立
樸實	繆戾	寂滅						

3、逆序

共 235 詞，有如下六種具體格式：

（1）上平（51 詞）

損傷	指揮	斧斤	戶樞	等差	祖宗	起居	紀綱	本原
假饒	剪除	顯明	準繩	抵攔	虎狼	隱藏	滿盈	改移
引援	混淆	講磨	老成	假如	動搖	繞纏	鬼神	揣摸
斂藏	侈靡	矯揉						

（2）去平（37 詞）

互相	是非	叫呼	盛衰	再三	廢興	過差	震驚	視聽
聖賢	縱橫	變移	寇讎	細微	廢弛	厭煩	面顏	彈丸
事情	富強	會盟	浩繁	縱饒	路途	氣焰	怨仇	救援
晦冥	空閒	鬥毆						

（3）去上（47 詞）

壽考	器皿	付予	妄誕	照管	事理	進取	注解	內裡
詐偽	蓋庇	薦舉	痛癢	怨悔	靠倚	贊詠	授受	細小
勸勉	鬥打	忿狠	衰冕	運轉	犒賞	義理	眾寡	料想
破損	智勇	困餒						

（4）入平（22 詞）

合當	發揮	擴充	益加	屈伸	吉凶	甲兵	末梢	潔清
疾遲	抑揚	雜糅	夾持	逐旋	發揚	捉摸	脫離	攫拿
切磨	滅亡	屈撓	適從					

（5）入上（22 詞）

結聚	積累	汲引	狎侮	節儉	折轉	擇揀	結裹	嫡長
割捨	跌盪	撮聚	樸陋	設使	節省	若使	逼近	息止
闊遠	活動	食飲	腳手					

（6）入去（56 詞）

畢竟	節候	脫墜	卒乍	卜筮	節次	覺悟	策勵	的當
雜亂	識慮	作弄	刻畫	激勵	肅敬	接近	竊盜	節制
雜碎	腹背	濕潤	決定	碩大	疾病	疾痛	怯懼	黑暗
撤換	嫡庶	束斂						

　　在並列合成詞總數（2452）中，順序為主，占 62.2%；同序次之，占 28.2%；逆序最少，占 9.6%。這說明，並列合成詞的詞素次序，多數是按聲調的先後來排列的。

（二）聲母

比起聲調來，聲母對並列合成詞詞素次序的影響是第二位的，表現在兩個方面：一是只限於聲母的清濁，與發音部位及阻礙、送氣與否的發音方法無關；一是只限於前文所述聲調同序類範圍，與聲調順序和逆序兩類無關。

中古音系聲調向現代漢語發展，主要是兩方面：入聲消失和調分陰陽。在北方話中，多是入聲消失派入三聲，平聲分陰陽；南方方言中，多數入聲還保留，並且不僅平聲分陰陽，不少上去入三聲也分陰陽。入聲的保留與消失，與本文關係不大，調分陰陽則與清濁有關：清聲爲陰，濁聲爲陽。中古並列合成詞詞素次序，當然不能說受調的陰陽影響，因爲尚未有調的陰陽分化；但可以說與聲母的清濁有關，而聲母的清濁是自古有之。下面我們對前面聲調同序類中「平平」「上上」「去去」「入入」四小類聲母清濁排列情況作進一步的考察。按照清濁這個先後次序，也可分順序（前清後濁）、同序（同清或同濁）和逆序（前濁後清）三種。

1、順序（共 290 詞）

（1）平平類（150 詞）

清明	賓朋	嬰兒	遮瞞	街衢	精微	傷殘	光芒	欺詿
舒徐	參研	憎嫌	編排	襟懷	康強	彫殘	牽聯	施爲
操存	栽培	綱常	幽冥	溫和	稽尋	豐盈	精詳	山陵
英華	功名	深沉					

（2）上上類（24 詞）

鄙俚	舉動	輔導	遠邇	勇猛	整理	狡傷	表裡	狡傷
典禮	飽滿	畎畝	飽暖	巧僞	稟受	草莽	淺近	主腦
引誘	典買	綫（緩）近	掃蕩	減省	本厚		

（3）去去類（75 詞）

駕馭	制禦	退避	破壞	姓氏	厭倦	廢惰	意念	寄寓
滲漏	壯麗	禁忌	故舊	贊助	怪誕	冀望	咒誓	態度
做弄	器具	窒礙	祭祀	散漫	氣候		

（4）入入類（41 詞）

接續　曲折　夾雜　束縛　節目　曲直　抑過　闊狹　急遽

測度　血脈　削弱　博弈　發育　積疊　酷虐　卓絕　篤實

福祿　殺戮　屈服　潔白　執捉　失落　脫落　決裂　抉擇

血肉　出入　掇拾

2、同序（共 361 詞）

（1）平平類（143 詞）：例見前「平平」類，前 15 例為同清，後 15 例為同濁。

（2）上上類（44 詞）：例見前「上上」類，前 24 例為同清，後 6 例為同濁。

（3）去去類（115 詞）：例見前「去去」類，前 19 例為同清，後 11 例為同濁。

（4）入入類（59 詞）：例見前「入入」類，前 16 例為同清，後 14 例為同濁。

3、逆序（共 41 詞）

（1）平平類（18 詞）

重新　爬疏　神仙　承當　皮膚　元初　崇高　塵埃　形聲

洪纖　崇卑　文章　繁多　零星　文書　泥沙　乾坤　憑依

（2）上上類（4 詞）

父子　弟子　動止　懶散

（3）去去類（12 詞）

潰散　漸次　病痛　忌諱　造次　項背　限際　繫絆　罪過

路徑　忿怨　愈更

（4）入入類（7 詞）

滅息　服飾　轍迹　狹窄　學識　遽急　肉骨

在聲調同序的 692 詞中，聲母順序占 41.9%，聲母同序占 52.2%，聲母逆序占 5.9%。

將上述聲調條件和聲母條件綜合起來，可以得出整個語音條件：

語音順序是聲調順序與聲母順序之和，即 1525＋290＝1815。

語音同序是聲調同序減去聲母順序與聲母逆序之和，即 692－（290＋41）＝361。

語音逆序是聲調逆序與聲母逆序之和，即 235＋41＝276。

這樣，整個語音條件對並列合成詞詞素次序的影響是：順序 72.3%，同序 15.4%，逆序 11.4%，也就是說，大多數（72.3%）是由語音條件來決定，而少數（27.7%）是語音條件不起作用的。

二、意義

意義對並列合成詞的詞素次序也有一定的影響，表現在如下幾個方面。

（一）等級觀念

幾千年的奴隸社會和封建社會中，等級觀念甚嚴。這種觀念反映在各個方面，在並列合成詞詞素次序排列上，也是如此：等級高的在前，等級低的在後。共 21 詞。

（1）語音順序（11 詞）

　　君臣　夫婦　兄弟　妻子　妻孥　子女　男女　親戚　親友　師友　天地

（2）語音同序（4 詞）

　　父母　夫妻　祖考　華夷

（3）語音逆序（6 詞）

　　父子　弟子　子孫　嫡庶　聖賢　乾坤

（二）始末先後

人們往往有這種心理：喜順不喜逆。在安排並列合成詞詞素次序時，也注意事物的始末先後：「始」「先」在前，「末」「後」在後。共 15 詞。

（1）語音順序（9 詞）

　　首尾　前後　本末　始末　先後　朝夕　晝夜　今昔　姓氏

（2）語音同序（3 詞）

　　日夕　源流　注疏

（3）語音逆序（3 詞）

　　再三　始終　古今

（三）整體與部分

這裡說的整體與部分，指的是並列合成詞的兩個詞素，意義範圍大小不同。具體地說，甲詞素包括了乙詞素，乙詞素是甲詞素的一部分，或是其中的一個類別。如「歲月」，「歲」包含了「月」，「月」只是「歲」的一部分；「弓弩」，「弩」只是「弓」的一種。對此類詞，人們往往將表整體的詞素作第一詞素；表部分的詞素作第二詞素。共 19 詞。

（1）語音順序（14 詞）

　　門戶　弓弩　頭面　頭腦　面目　分毫　毫忽　絲忽　墳墓

　　牆壁　歲月　斤兩　萬一　千百

（2）語音同序（2 詞）

　　身心　篇章

（3）語音逆序（3 詞）

　　草茅　斧斤　面顏

（四）感情色彩（35 詞）

人們總是對一些好的、積極的事物懷有褒的、喜愛的感情，而對一些差的、消極的事物則懷有貶的、厭棄的感情。在構成並列合成詞時，如遇有這兩類事物並列時，則往往將前者作第一詞素，後者作第二詞素。共 35 詞。

（1）語音順序（22 詞）

　　好惡　成敗　真偽　真假　榮辱　功罪　功過　優劣　強弱

　　休戚　肥瘠　伸屈　敏鈍　明晦　清濁　盈闕　加損　興滅

　　通塞　依違　貴賤　勝負

（2）語音同序（7 詞）

　　高低　存亡　得失　取捨　治亂　從違　向背

（3）語音逆序（6 詞）

　　是非　盛衰　崇卑　吉凶　用捨　眾寡

（五）顛倒成詞

有的並列合成詞，詞素易位後，亦能成詞，因而形成了一對對意義有著或大或小差別的同義詞。這類詞詞素次序的安排，既是構詞的需要，也是別義的需要。共 39 對 78 詞。

（1）語音順序－語音逆序（31 對。每對前一詞為順序，後一詞為逆序）

歡喜－喜歡　根本－本根　長久－久長　言語－語言

飲食－食飲　事物－物事　手腳－腳手　長短－短長

大小－小大　問答－答問　生死－死生　穿貫－貫穿

息滅－滅息　窄狹－狹窄

（2）語音同序（8 對 16 詞）

光輝－輝光　依歸－歸依　和平－平和　和柔－柔和

檢點－點檢　險阻－阻險　厚重－重厚　懾怯－怯懾

上述五個方面中，「等級觀念」和「顛倒成詞」對詞素位置帶有強制性，因而沒有例外；而「始末先後」「整體與部分」「感情色彩」，不帶強制性，只是多數情況下起作用，但也往往有極少數例外，不過這些例外中，絕大多數受語音條件影響，如「昏旦」「分寸」「千萬」「禍福」「貧富」窮達」等都屬語音順序。

整個意義條件起作用的共 168 詞，占並列合成詞總數的 6.8%，其中包括和語音條件同時起作用（即語音順序部分的 87 詞）占 3.6%，單純由意義條件起作用的（即語音同序和逆序兩部分的 81 詞）占 3.2%。

三、習慣

所謂習慣，也就是約定俗成。廣義來說，前面談的語音條件和意義條件也包括在約定俗定之內；這裡談的是狹義的約定俗成，即語音條件和意義條件都無法起作用的部分，這部分沒有別的什麼條件好講，只憑大家的習慣。並列合成詞總數中，由習慣來決定詞素次序的有 556 詞（即總數 2452 減語音和意義同起作用的 87 減單純語音起作用的 1728 減單純意義起作用的 81），占 22.6%。

綜合前述，我們可以看出，《朱》書所反映的中古漢語並列合成詞中，決定詞素先後次序的三大要素，作用大小不一：語音條件為主，占七成以上；習慣

條件次之，占二成以上；意義條件則只占半成左右。

意義條件一般帶有強制性，是人們有意識的行爲；習慣條件則是無別的規律可循，是無條件的條件。這兩個條件都比較容易理解。至於語音條件，可能與發音之難易有關。

先看聲調。古代四個調類的具體調值，由於當時受語音學歷史條件的限制，不能用音標記錄而流傳下來，今天無法確切知道，不過古代學者也作了一些比較形象的描繪：「平聲哀而安，上聲厲而舉，去聲清而遠，入聲直而促」、「平聲平道莫低昂，上聲高呼猛烈強，去聲分明哀遠道，入聲短促急收藏。」〔註 4〕這些描繪大致說明：就聲調發音難易來說，平聲要易，上去入三聲要難。

再看聲母的清濁。清輔音聲帶不顫動，濁輔音則聲帶要顫動。相對來說，清音發音較易，濁音發音要難。

在安排並列合成詞兩個詞素的次序時，如果沒有意義條件的特別要求，人們總是願意先易後難，將發音比較容易的聲調和聲母作第一詞素，發音比較難的聲調和聲母作第二詞素。

（原載《安慶師範學院學報（社會科學版）》1997 年第 1 期）

〔註 4〕 羅常培《漢語音韻學導論》，中華書局，1957 年，第 77 頁。

試論趙樹理作品的語言風格

　　提起趙樹理來，大家都很熟悉。他的作品在群眾中有廣泛的影響，我們中國人喜歡，在外國也得到廣泛的好評。

　　他的作品爲什麼這樣吸引人呢？一來它反映了中國農村翻天覆地的變化，複雜而尖銳的階極鬥爭，顯示了勞動人民的偉大勝利，以極其生動的形象，激勵著人們前進。二來語言好。毛主席說，我們的語言應該是「新鮮活潑的，中國老百姓所喜聞樂見的中國作風和中國氣派」。趙樹理的語言，表現了我國作家在執行毛主席指示中所取得的成就，成爲我國現代文學語言的光輝的範例之一。

　　現在，我們著重對他的語言進行一些分析。

一

　　趙樹理作品中，不論人物的語言或者是敘述者的語言都體現了作者強烈的階級情感。他的筆一寫到人民群眾，語言中就流露出強烈的愛，一個個堅強、勇敢、聰明、美麗的形象就出現在我們面前，一觸到反動階極，反動階極的陰險、狡滑、卑鄙、毒辣、殘酷、猙獰的嘴臉便暴露無遺。

　　什麼人說什麼話。在趙樹理的作品中我們可以看到勞動人民這樣的戰鬥的誓辭：「天塌了大家頂！……割了頭不過碗大個疤！」（《靈泉洞》）他們就是這樣帶著這種不怕犧牲的精神和敵人搏鬥。爲了鬥倒地主，覺悟了的農民們可以

毫不猶豫地說：「只要能打倒他，我情願再貼上幾畝地！」（《李有才板話》）他們知道「狼能吃人」，但更相信「人也能打狼」（《靈泉洞》）。國民黨要奪去他們的勝利果實，他們憤怒已極，說道：「有他沒咱，有咱沒他！」說出了多少農民弟兄的心裡話，從他們片言隻語中集中地體現了中國人民的英雄氣慨，渴望解放的革命精神。再看這一段：「老楊同志抬頭一看，見上面還貼著封條，不由他不發怒，他跳起來一把把封條撕破了道：『他媽的！眞敢欺負窮人！』」（《李有才板話》）一個動作，一句話——一個全心全意爲勞動人民服務的幹部形象出現在我們面前，由於作者對農民強烈的愛，不由他不這樣寫，這祥的語言不是擠出來的，而是湧出來的，這樣的動作不是加上去的，而是不「跳起來」不行，不「一把把封條撕破」不足以解恨。簡單的話語，爲我們出了一口氣，我們自然而然地愛上了這位爲人民利益而奮鬥的戰士了。

再如：《李家莊的變遷》處死李如珍的場面：「……群眾亂喊起來：『可不要再說那個！他悔過不止一次了！』『馬上斃！』縣長道：『那也不能那樣急呀？馬上連個槍也沒有！』又有人喊：『只要說他該死不該，該死沒有槍還弄不死他？』縣長道：『該死吧是早該著了……』還沒有等縣長往下說，又有人喊：『該死拖下來打不死他？』大家喊『拖下來』！說著一轟上去把李如珍拖下到院裡來。……聽著有人說：『拉住那條腿。』有的說：『腳蹬住胸口。』……」（《李家莊的變遷》）

看起來你一言我一語，簡單得很，可是構成的卻是極其生動的畫面，這裡點燃的是階級之火，是數千年農民對地主的深仇大恨，一旦爆發出來，其勢必然迅猛異常，要徹底燒毀一切舊時代的罪惡的渣滓。趙樹理選擇了農民自己的話，爲這個場面作了注腳，白狗說：「……人家殺我們那時候，廟裡的血都跟水道流出來了。」這樣的控訴勝於千言萬語，深刻的表現了作者和農民一樣對地主階極的仇恨。雖然是平常的言語卻發揮何等巨大的威力！

當作者的筆鋒轉向反動階級時，反面人物的語言就表現了他們可憎的形象。在《小二黑結婚》裡有這麼一段：「金旺來了，嘻皮笑臉向小芹說：『這會可算是個空子吧？』小芹板起臉來說：『金旺哥！咱們以後說話要規矩些！你也是娶媳婦大漢了！』金旺撇撇嘴說：『咦！裝什麼假正經？小二黑一來管保你就軟了！有便宜大家討開點，沒事；要正經除非自己鍋底沒有黑！』說著拉住小

芹的胳膊悄悄說：『不用裝模作樣了！』不料小芹大聲喊道：『金旺！』金旺趕緊放手跑出來。一邊還咄念道『等得住你！』說著就悄悄溜走了。」作者只用了這麼淡淡幾筆，一個「嘻皮笑臉」而來，「悄悄溜走」的流氓相十足的人物被勾劃了出來，特別是用金旺自己的口道出了他極其醜惡的靈魂。

我們在作品中，還可以隨處聽到趙樹理自己的聲音。趙樹理作品中敘述者的語言更明顯更直接的反映作者的階級感情。

《三里灣》裡有這麼一段：「穀垛子垛在一邊像一堵牆；三十來個婦女拖著一捆一捆的帶稈穀子各自找自己坐的地方，滿滿散了一場，要等削完了的時候，差不多像已經攤好了一樣；社長張樂意一邊從垛子上往下攤捆，一邊指揮他們往什麼地方拖，……小孩們在場裡場外跑來跑去鬧翻天；寶全老漢和玉生把兩個石滾早已轉到場外空地裡去洗。社長『這裡』『那裏』『遠點』『近點』的喊嚷，婦女們咭咭呱呱的聒噪，小孩們在穀穗堆裡翻著筋斗打鬧，場外有寶全和玉生兩人『矴硼矴硼』的錘鑽聲好像給他們大夥兒打板眼。」（《三里灣》）

這是幅美麗而又熱鬧的「農家樂」，一邊是婦女們拖的拖，削的削，緊張勞動，一邊是小孩翻筋斗，打鬧，歡樂喧天；這裡是『遠點』『近點』『咭咭呱呱』的喊叫聲，那裏是『矴硼矴硼』的板眼，這是一支農業合作化的交響曲。作者贊揚合作化的熱情，從語句中充分表露出來。

請看另一段，全然是另外一種味道。「靠屋的西南角，有一張床，床中間放著一盞燈，床上躺著兩個人，一個是小個子，尖嘴猴；另一個是塌眼窩。床邊坐著一個人，伸著脖子好像個鴨子，一個肘靠著尖嘴猴的腿，眼睛望著塌眼窩……房子不大，床往東放著一張茶几，兩個小凳子……靠東的凳子上，坐著個四方臉大胖子，披著件白大衫，襯衣也不扣扣子，露著一顆大肚，靠裡的凳子上，坐著個留著分頭的年青人，穿件陰丹士林布大衫，把腰束得細細的，坐得直挺挺的，像一根柱子。他兩個面對面吃西瓜，胖子吃的是大塊子，呼啦呼啦連吃帶吸，連下頜帶鼻子都鑽在西瓜皮裡，西瓜子不住地從胸前流下來；柱子不是那樣吃法，他把大塊切成些小月牙子，拿起來彎著脖子從這一角吃到那一角，看來好像老鼠吃花生。」（《李家莊的變遷》）

這是一幅精製的「百醜圖」，這一群社會的渣滓，人間的敗類，從作者的筆下溜出來，尖嘴猴、塌眼窩，鴨脖子鬼鬼祟祟地吸鴉片；胖子、柱子惡狗爭食

似的吃西瓜，作者把他們的醜態淋漓盡致地暴露出來。小說裡寫道：「人既不在，鐵鎖也只得等，他便坐到門後小凳子上，閑看這屋裡的人。」值得注意的是作者通過農民鐵鎖的眼睛看這些傢夥，像照妖鏡似的，一切反動人物原形畢露。作者深深地恨他們。

趙樹理的作品有粗大的筆觸，寫出群眾氣吞山河之勢，好像長江之水，氣勢澎湃；也有精細的雕刻，寫細緻、複雜的情感，猶如曲折的小河，韻細味長。有粗線條的勾劃，有工筆的寫生，該疏的疏，該密的密，字字充滿感情，句句飽含愛憎。

趙樹理是大眾藝術家，是群眾中的一員，他懂得群眾的愛憎，知道群眾的喜怒哀樂，他的語言裡浸透著強烈的階級情感。

二

趙樹理的語言具有大眾化的風格，同時又是經過細心加工和高度提煉的，這兩個方面得到了完美的統一。現在我們從這方面作一些分析。

第一，趙樹理的語言是非常樸素、自然的。

「文如其人」，趙樹理作品的語言，就像戴著氈帽，披著皮襖，面帶笑容，談吐自然的「老趙」一樣，樸素而嚴謹。

「文」是要人看的，給群眾看的東西，就應該用群眾自己的話來說，儘量讓更多的人能懂。裝腔作勢，矯揉造作，是非常不好的。

趙樹理的最大特點，就是站在勞動人民的立場上，「有什麼說什麼，乾乾脆脆」，「把意思說清了就算」，不塗胭脂不抹粉。概括一下說，就是樸素自然，明白流暢，唸來順口，聽來易懂。例如：

> 「涉縣的東南角上，清漳河邊，有個西峧口村，姓牛的多。離西峧口三里，有個丁岩村，姓孟的多。牛孟兩家都是大族，婚姻關係世代不斷。像從前女人不許提名字的時候，你想在這兩村問詢一個牛孟兩姓的女人，很不容易問得准，因為這裡的『牛門孟氏』或『孟門牛氏』太多了。孟祥英的娘家在丁岩，婆家在西峧口，也是個牛門孟氏。」（《孟祥英翻身》）

像是普普通通講故事，文字平淡，幾句話，交代了事件的環境，又透過環境揭示出一個封建婚姻制度的社會現象，為全篇開了頭。其他像「劉家峽有兩

個神仙，鄰近各村無人不曉：一個是前莊上的二諸葛，一個是後莊上的三仙姑。」（《小二黑結婚》）「閣家山有個李有才，外號叫『氣不死』。」（《李有才板話》）以及《表明態度》中講的「太行山區有個貧農叫王永富。」《三里灣》的「從旗杆院說起」等等，都開門見山，第一句話就顯示了他淳樸的風格。

當然，他的語言樸素、自然，絕不僅在開頭，而是貫穿全部作品的風格。我們知道，生活中的語言，總是平易自然，簡單明瞭的。不能設想，生活在鬥爭中的人民會用冗長、囉嗦的對話來交流思想。趙樹理的語言平淡而又優美。

趙樹理並不是照抄人民的語言，也不是用滿篇的「啊、吧、嗎、啦」來顯示口語化，而是精心提煉了人民口語，使它成為藝術語言。人們讀他的書，一拿起來，就不願再放下，非一口氣讀完不可，除了因為故事吸引人以外，也是因為語言通俗、優美。

> 「三仙姑去尋二諸葛，一來為的是逞逞鬧氣的本領，二來為的是遮遮外人的耳目，其實讓小芹吃一吃虧她很高興，所以跟二諸葛老婆鬧了一陣之後，回去就睡了。第二天早上，他起得很遲……」
>
> （《小二黑結婚》）

描寫了三仙姑的心理狀態，讀來多麼痛快！語氣、腔調跟我們平常講話一樣。我們不是常說「一來」如何，「二來」如何嗎？再說像「為的是」，「遮遮」，「吃一吃虧」，「鬧了一陣」聽起來很親切，如果說成「為了」，「遮住」，「吃虧」，「吵鬧」就乾癟得沒有意味了。

就是描寫事件和環境的時候，作者也往往不加多少修飾，而只是說出一個狀況來，就使你得到具體的真實的瞭解。

> 「這兩個人默默不語在這座房子裡大顯身手，對裡邊的一切，該拆的拆，該疊的疊，該搬的搬出去，該擺的擺起來，連補窗子、掃地、抹灰塵、一共不過誤了點把鐘工夫，弄得桌是桌、椅是椅、床位是床位，乾乾淨淨，像個住人的地方。」（《三里灣》）
>
> 「小腿疼看了看群眾，群眾不說話；看了看副支書和兩個副主任，這三個人也不說話。群眾看了看主任，主任不說話；看了看支書，支書也不說話。全場冷了一下以後，……」（《鍛鍊鍛鍊》）

誰能說這不是藝術的文字！後面這短短的幾行，準確地寫出當時的環境、

氣氛，反映出各種人當時的心理狀態，偷棉花的小腿疼，由此感到很大的壓力，所以，當「大家放了話」的時候，她就「坦白得很徹底」。

周揚同志說：趙樹理的「語言是農民的語言。一切都是自然的，簡單明瞭的，沒有一點矯揉造作，裝腔作勢的地方。」（《論趙樹理的創作》，見《表現新的群眾的時代》第126頁）這是非常中肯的，歷史上許多偉大的作家，都肯定語言的美，首先是質樸，也就是平易自然。托爾斯泰說：「質樸是漂亮不可少的條件。」高爾基贊同並發展了這一說法，他說：「在文字的質樸裡含有最偉大的英明。」他在《論文學》一文中說：「簡單化和質樸性有本質的區別，這個區別可以這樣來表述：簡單化是矯揉造作，因而也就是虛偽；而質樸性則是眞正的藝術。」別林斯基認爲好的作品應當是「純樸的、自然的、不矯揉造作的」。哥德說「寫作要純淨而自然，……用語平凡易解。」當我們分析趙樹理的語言時，重溫這些話，就會受到很大的啓發。

第二，趙樹理作品的語言，不光是淳樸，而且具體生動，具有形象性。

文藝作品的形象應該是具體的，生動的。趙樹理從來都不乾巴巴堆一堆概念，總是把事物的實際情形一五一十的端出來，有血有肉，思想、情景，文字交融在一起，看文字就跟看圖畫一樣。范登高是老黨員，人家搞合作化，他搞買賣，群眾很有意見，他們問黨組織：「買上兩頭騾子，雇上一個趕騾子的，是不是社會主義道路？」又因爲他資格老，黨齡長，群眾又就：「是不是小黨員走社會主義道路，大黨員走資本主義道路？」（《三里灣》）雇人買牲口，在合作化初期，是這類人的特徵之一，在群眾的眼裡，這就是走資本主義道路。所以這樣說，就生動有力，含蓄深刻，「大黨員」也是對居功自傲的「翻得高」的一個諷刺。把一個東西或一件事說得具體一點的像「革命就是爲了咱們不吃糠」等等。寫得具體了，自然就比較生動。像《三里灣》小俊和玉生吵架一場的末尾，就很好：

> 「玉生說：『這日子不能過了！』說了就挺挺挺走出去。小俊也
>
> 　說：『這日子不能過了！』說了也挺挺挺走出去。玉生往旗杆院去
>
> 　了，小俊往她娘家去了。」（《三里灣》）

其次，爲了具體、生動，往往要打比喻，在趙樹理就是「打個比方」。一般作家都要打比方，但不是每個人都比得恰當，比得自然。趙樹理熟悉群眾的生

活、語言，比喻用得恰到好處：

> 「這一年是豐收年，人家四面的穀都長夠一人高，我那三畝地
> 夾在中間，好像個長方池子。……草地也能尋著一些穀：秀了穗的，
> 大的像豬尾巴，小的像紙煙頭，高的掛在蔚稈上，低的鑽進沙蓬裡；
> 沒秀穗的，跟抓地草鏽成一片，活著的像馬鬃，死了的像魚刺，三
> 畝地打了五斗。」（《地板》）

這段描寫，被人譽為運用比喻的典範。《地板》的主題是說糧食確確實實是勞力換來的，地板什麼也不能換。沒有勞力，地裡就有草無糧，不勞動就是剝削。有了這段形容，主題更為突出、具體。趙樹理還常常運用各種比喻來刻畫人物：

> 「官粉塗不平臉上的皺紋，看起來好像驢糞蛋上下上了霜。」
> （《小二黑結婚》）生動地刻畫了三仙姑的寒酸味兒。

> 「到了冷凍天氣，有才好像一爐火——只要他一回來，愛取笑
> 的人們就圍到他這土窯裡來閒談。」（《李有才板話》）冬天的火爐，
> 人人熱愛，群眾正是以這樣的感情來對待農民自己的歌手的。

諸如此類，不勝枚舉。趙樹理運用比喻，除了用得慎重、恰當外，還有其獨創性。第一，緊扣著人物性格，或褒或貶，愛憎分明；第二，用勞動農民最熟悉的東西打比方，特別是後一點，為一般作家所不及。

再次，使他的語言生動活潑的一個因素，是音節和諧，順口易誦。發揮了漢語語音的長處。評書是供人說的，自不必說；就是小說，讀起來也是朗朗上口，越讀越順，越讀越喜歡讀，讀著讀著，你就會眉飛色舞，和作品的主人公一起，進入生活的激流中去，歷經艱辛，飽嘗歡樂。趙樹理認為，不順當一點，群眾就不喜歡讀，因此，寫好了總要看幾遍，讀幾遍，覺得真通了才拿出來。

> 「人混得沒了臉，遇事也就不很講究了：秋頭夏季餓得沒了
> 法，偷誰個南瓜找誰個蘿蔔，有人碰上了，罵幾句板著臉受，打幾
> 下抱著頭挨，不管臉不臉，能吃上就算。」（《福貴》）

這些文字，平易親切，節奏鮮明，音韻和諧，一氣呵成，並帶有傳統的排句的氣勢，一波逐一波，滾滾而下。

總之，描寫的具體，比喻的生動，加上音韻的和諧，就使趙樹理的語言繪聲繪色，豐富多彩。

第三，趙樹理的語言是簡潔精鍊的。文學語言要求精鍊，托爾斯泰說：「應當寫得更簡單些，人民說話都是很簡單的，有時甚至不大連貫，但是說得恰到好處。」趙樹理認為：寫東西給群眾看，群眾喜歡乾脆俐落，直來直去，你要轉彎抹角，他就會不理你。囉哩囉嗦，看了半天也不知道說的是什麼，誰還願意看；況且，他們起早搭黑的幹活，時間有限，經濟也不太富裕，所以，不但文字要簡練，就是篇幅也應該儘量短些，大家容易買，容易讀。這是他主張簡練的一個原因，當然他完全懂得簡練是藝術作品本身所要求的。

這裡，首先應該提到的是他善於用簡要的對話揭示多變的複雜的生活，有很多章節就是用純對話的手法寫的，生動有力，藝術性很高。故事通過對話發展下去，人物性格，從話語裡顯現出來。翻開《登記》《三里灣》《靈泉洞》和其他作品，到處都可以看到一個個對白的場面，像一幕幕的小話劇。這種傳統的手法，在趙樹理手裡顯然有了發展。很明白，這是一種經濟的寫法。比如：

> 「剛剛吃過饅頭，小晚來了。艾艾拉住小晚的手，第一句話就是：『羅漢錢丟了！』『丟就丟了吧！』『氣得我連飯也吃不下去！』『那也值得生個氣？我看那都算不了什麼！在著能抵什麼用？聽說你爹你媽跟東院裡五奶奶去給你找主兒去了。是不是？』『咱哪裡知道那老不死的為什麼那麼愛管閒事？』『咱們這算吹了吧？』『吹不了！』『要是人家說成了呢？』『成不了！』『為什麼？』『我不幹！』『由得了你？』『試試看！』正說著，外邊有人進來，兩個人趕快停住。」（《登記》）

這段對話，簡單明瞭，一對新型青年對包辦婚姻的反抗，多麼乾脆！包辦的「成不了！」自願的「吹不了！」理直氣壯，無所畏懼，樂觀而自信。

他有豐富的生活知識，對一件事，一個道理，往往一語道破，一針見血。孩子被地主打了，農民老劉對孩子說：「唉！孩子呀！打就是打了吧，還能問人家該不該？人家是什麼人，咱是什麼人？」（《劉二和與王繼聖》）群眾就常常用這兩句話，顯示階級壓迫的現實，表示他們的不滿。雇農福貴頂債當長工，深

受高利貸的剝削，「他想住也是不能過，不住也是不能過，一樣不能過，爲什麼一個活人叫他拴住？」（《福貴》）於是，他離開了地主家。多深刻！像福貴一樣，歷受壓迫，被「逼上梁山」的人，千千萬萬，最後，他們意識到，地主不會讓農民好過的，反正是一樣，爲什麼要給地主當牛馬！

描寫也同樣簡練。《李有才板話》裡寫老楊：「頭上箍著塊白毛巾，白小布衫深藍褲，腳上穿著半舊的硬鞋至少也有二斤半重。」幾句話，寫出了一個樸素的農村幹部的形象。

歷史上許多偉大作家都諄諄告誡，要寫得簡短，「寫作的藝術即是縮短的藝術」，「所謂寫得有天才，也就是寫得簡短」。當然，簡潔是要恰當的表現內容，離開內容，無所謂簡潔。

第四，正確地使用方言、俗語、諺語，從中吸取養分，加強語言的表現力。

趙樹理在使用方言土語的時候是非常愼重的，力求人人能懂，個別難懂的就加以注解。有的不注明，也能從上下文瞭解它的意思。像糊塗塗老婆常有理，腦袋頑固得象榆木疙瘩，人們說只有「大炮才能崩的開」，這個「崩」用得適當，誰也知道它是說「打通思想」。「黨內怕他（金虎）不小心把不該講的話『統』出去。（《靈泉洞》）「統出去」，就是洩露機密，我們可以懂，這個「統」把金虎正直而又有點傻氣的性格襯托了一下。至於群衆口頭上的語彙，那就更多了：如「墊背」、「話頭兒」、「四指雨」、「補空子」、「下神」、「好把式」、「扳不倒」、「買老海」等，單看一個詞也許不完全懂，擱到文章裡，就領會了它的意思。方言土語不但可以用，而且應當用。不過，不能像有些人單爲了增加「地方氣息」而亂用。

俗語是人民大衆口頭常說的語言，過去是難登「大雅之堂」的，作者把它們吸收到作品中來，從人物口裡說出，幫助刻畫人物的性格。俗語用得好，具體形象，有濃厚的大衆氣味。比如，三仙姑說：「前世姻緣由天定，不順天意活不成。」「能不夠」這個老太婆，人們稱她「罵死公公纏死婆，抱著丈夫跳大河」。她認爲在封建家庭生活的媳婦應該「對家裡人要尖，對外邊人要圓」。反映了她們的思想中的落後成分。像「通一通風」形容告訴一聲，「不用和稀泥」是不要調和的意思，這些話既生動又形象。

諺語多是人民經驗的結晶，也是群衆口頭流傳的話。王永富走資本主義道

路，接連碰壁，人們說他：「雞也飛了，蛋也打了，土地老爺坐深山，自在沒香火。」說明兩頭落空，單幹是「自由」，就是什麼也幹不了。加強了整個語言的鮮明性與生動性。

第五，趙樹理隨時注意攝取人民生活中的新祠。作者生活在群眾中，並且感覺敏銳，他能及時地把人民群眾口頭用的新詞語吸收到作品裡來。他的語言在變化、發展，十幾年前的《小二黑結婚》和近來的《三里灣》就有顯著的不同，這當然是決定於時代的變化，群眾文化的提高，作者修養的加深。他的語言有強烈的時代感。

運用新詞也有不同的情況，如農民說：「沒有調查就沒有發言權。」（《鍛鍊鍛鍊》）表示了農民文化的提高，馬列主義理論的普及。這方面運用是比較多的。他作品中新一代的勞動人民都有這樣一個特點。

有一些新詞，是為了表達特定的內容的。靈芝和有翼開玩笑說：「你爹的外號不簡單，有形成階段；還有鞏固和發展階段。」（《三里灣》）李有才笑章工作員書生氣，一開會就是長篇談話，什麼「『重要性』啦，『什麼的意義及其價值』啦」（《李有才板話》），使他一聽就頭疼。這些詞語在當時對一般人是比較生疏的，只停留在青年知識分子幹部或學生的口頭上，在作品裡是符合人物身份的。有些「洋氣」的詞，作者用在統治者的頭上，增加了它的諷刺色彩，如土地主劉石甫在省城混了幾天，學了一套「官腔」就裝起蒜來，他說：「我們的中央軍『進行』到我們的『原籍』來了……我們的國民黨又都『秩序』了……大家要『嚴重』地聽！……」簡直使我們笑破肚皮。

為了表現舊式人物，作者還用一些古代漢語的成分，比如二諸葛請求區長「恩典恩典」，表明他封建氣十足，地主狗腿得貴去「拜望」農會主席老楊，並聲稱「慢待慢待」沒有「遇面」云云。

三

文學的民族形式主要是語言問題，語言是民族形式的「主要的起決定作用的因素」（茅盾：《漫談文學的民族形式》，見 1959 年 2 月 24 日《人民日報》），「語言是文藝作品的第一個因素，也是民族形式的第一個標誌」（周揚：《新的人民的文藝》第 10 頁，1949 年新華書店版）。趙樹理作品的語言就是具有強烈的民族特色的。形成趙樹理語言的民族風格，除了前面談的大眾化原因外，還

在於他真正地繼承並發展了中國古典文學和「五四」以來新文學的語言傳統，繼承並發展了民間文學的優秀傳統，因此他的民族特色也就更加濃厚。

我們可以在趙樹理的小說中看到，在語言表達上和中國古典小說，特別是英雄說部（如《三國演義》，《水滸傳》等）的明顯聯繫。

許多古典小說是用當時人民口語寫的，是能說能講的，英雄說部可以說更是婦孺皆知。趙樹理的語言也真正做到了人人都懂，改變了一些小說只能看而不能說、不能講的現象。

趙樹理慣於給作品中的人物按上一個綽號。綽號是我國古典小說寫人物時所常用的，用得好就能突出人物的性格特徵，許多人的真名實姓可能被人遺忘了，但是他們的綽號得到了廣泛的流傳。趙樹理的作品中，像「三仙姑」、「二諸葛」、「小腿疼」、「吃不飽」、「糊塗塗」、「常有理」、「鐵算盤」、「惹不起」，每個人物都有一頂形象的帽子。它的特點，第一，是個性的代表，集中地反映出人物的特性。「小腿疼」、「吃不飽」是一些愛占小便宜、不愛勞動的婦女形象；「氣不死」李有才是「吃飽了一家不饑，鎖住門不怕餓死小板凳」的樂觀、風趣的農民詩人；「一隻虎」、「雜毛狼」則是地主狗腿可惡本質的寫照。可見，作者對人物愛還是憎，就決定了給他戴什麼帽子。第二，語言經濟，含蓄幽默，便於流傳，一些人物的綽號以後成了某類典型人物的代名詞。

更重要的是，在人物描寫方面，繼承了古典小說的特點，作者總是用人物自己的語言和行動表現人物性格，作者不從旁多加敘述。總是把人物放在發展中來寫。我們來看看周揚關於趙樹理作品的分析和茅盾關於《水滸傳》人物的分析多麼逼似。

> 「作者在人物創造上，第一個特點就是：他總是將他的人物安置在一定鬥爭的環境中，放在這鬥爭中的一定地位上，這樣來展開人物的性格……。作者在描寫他的人物上，其次一個特點就是：他總是通過人物自己的行動和語言來顯示他們的性格，表現他們的思想情緒。關於人物，他很少做長篇大論的敘述，很少以作者身份出面來介紹他們，也沒有作多少添枝加葉的描寫。」（周揚：《論趙樹理的創作》，見《表現新的群眾的時代》第 123、126 頁）

我們再看茅盾對於《水滸傳》人物的分析：

「水滸人物描寫的又一特點便是關於人物的一切都由人物本身的行動去說明，作者絕不下一按語。」其次作者在發展中去描寫人物，「直到他們主要故事完了的時候我們這才全部認清了他們的身世和性格。」（茅盾：《談「水滸」的人物和結構》，見《文藝報》1950年第 14 期）

趙樹理運用語言的準則，也和魯迅提倡的是一致的。魯迅說：

「我力避行文的嘮叨，只要覺得夠將意思傳給別人了，就寧可什麼陪襯拖帶也沒有。中國舊戲上，沒有背景，新年賣給孩子看的花紙上，只有主要的幾個人（但現在的花紙卻多有背景了），我深信對於我的目的，這方法是適宜的，我不去描寫風月，對話也決不說到一大篇。」（魯迅：《我怎樣做起小說來》，見《魯迅全集》第 4 卷，第 393 頁）

趙樹理真正繼承了這點，文章中沒有過多的修飾，沒有不必要的陪襯，不是為了賣弄自己學識而故意渲染，創造誰也不懂的形容詞，把故事弄得烏煙瘴氣的。真正做到魯迅所說的：「有真意，去粉飾，少做作，勿賣弄而已。」（魯迅：《作文秘訣》見《魯迅全集》第 4 卷，第 447 頁）

他繼承了「五四」以來新文學的傳統，但卻「脫盡了『五四』以來歐化體的新文言的臭味，」（郭沫若《關於李家莊的變遷》，見《論趙樹理的創作》第 18～19 頁，1949 年 4 月東北書店版），對於「五四」以來語言上的歐化傾向是一個嚴重打擊，因此他的作品的出現，從文學語言的發展上是有革命的戰鬥意義的，他的語言完全是中國人民的語言，完全合乎漢語語法特點和習慣，而不是那種抄襲歐洲、日本文法和不合中國表達習慣的歐化文藝。

趙樹理受民間文學影響也是很深刻的。不僅吸取了民間文學思想的精華，而且直接運用了各種在群眾中生根的文藝形式。如他運用過評書、快板、唱調、有韻小調等。這些形式都是群眾自己創造的，為群眾所最熟悉最喜歡的。

我們想著重談談他運用評書、快板語言方面的一些特點。

趙樹理是非常喜歡評書的，因為「它有用，對工農大眾有用」。他認為「評話是接受了中國小說的傳統的」。他不僅熟練地運用了這種形式，而且有了創造和革新。《登記》《靈泉洞》都是很好的評書。

「有個農村叫張家莊。張家莊有個張木匠。張木匠有個好老婆，外號叫『小飛娥』。小飛娥生了個女兒叫『艾艾』，……莊上有個青年叫『小晚』，正和艾艾搞戀愛。故事就出在他們兩個人身上。」（《登記》）

不僅評書這樣，其他小說如《小二黑結婚》、《三里灣》都是可以說講的。

他繼承了評書的傳統，但他並不受舊形式的束縛，而是有所革新。他揚棄了一些不好的東西，如章回小說的舊套子等，使評書的語言更加緊湊了，沒有那些與內容無關的敘述和與主題無關的小插曲。作者就是靠著情節的內部聯繫緊扣著讀者的心弦的。

快板是民間曲藝的一種，它繼承了古代歌謠的傳統，趙樹理創造性地運用了這一語言形式。

首先，作者把這種曲藝形式巧妙地運用在小說裡，這樣就使小說更加生動活潑了，因而就更有力地表達了思想內容。《李有才板話》中的十三段快板都是和內容血肉相關的，去掉這些，作品本身就不完整了，因此他決不是舊小說中的「有詩為證」的變體，而是一種新的形式。

其次，作者擴大了快板的表現範圍，不僅使快板能夠講一般的道理，而且可以深刻地刻畫人物性格。如：

「鬼睒眼，閻家祥，

眼睫毛，二寸長，

大腮蛋，塌鼻樑，

說句話兒眼皮忙。

兩眼一忽閃，

肚裡有主張，

強佔三分理，

總要沾些光。

便宜占不足，

氣得臉皮黃，

眼一擠，嘴一張，

好像母豬打哼哼！」（《李有才板話》）

作者運用了幽默的筆調，借快板的形式，描繪出閻家祥這個使人厭惡的人物。

最後，作者加快了快板語言的鼓動性，用簡短的幾個字，揭示出事物的本質。如：

「模範不模範，從西往東看；

西頭吃烙餅，東頭喝稀飯。」（《李有才板話》）

這僅僅是二十個字就一針見血地揭穿了「模範村」的假象，這是和作者的銳敏的觀察力分不開的。

從以上分析可以看出，趙樹理不僅僅是繼承了並且發展了這些優良的傳統，不管是古典小說的傳統也好，民間文學的傳統也好，都是「吸收其精華，剔除其糟粕」。正像魯迅先生在《論舊形式的採用》中說的那樣：

「舊形式的採取，必有所刪除，既有刪除，必有所增益，這結

果是新形式的出現，也就是變革。」

毛主席在 1942 年發表了《在延安文藝座談會上的講話》，趙樹理認真實踐了毛主席的文藝方針，創造出為中國老百姓所喜聞樂見的民族形式。他的作品出現在 1943 年和 1944 年，給當時的我國文學帶來一種新穎質樸的風格。

四

趙樹理同志是一位「具有新穎獨創的大眾風格的人民藝術家」（周揚：《論趙樹理的創作》）。他的作品在革命思想內容和大眾化的語言形式的統一上取得了較高的成就。研究他的作品的語言，要知道他好在哪裡，也要知道他為什麼這麼好。這樣，才便於我們向他學習。我們認為他取得成就的原因，主要是：

（一）明確為誰寫，為什麼寫。趙樹理的作品為誰服務，很容易回答，因為他「首先是一個革命者」，創作就是他的革命實踐。早在二十多年以前，他就立志「奪取封建文化陣地」。他感到中國當時的「文壇太高了，群眾攀不上去，最好拆下來鋪成小攤子」。他決心把自己的作品擠到《笑林廣記》、《七俠五義》裡面去，「然後再奪取封建文化陣地」。他說寫作是為了「老百姓喜歡看，政治上起

作用」。在大多數農民不識字的清況下，要把文藝交給群眾，第一個問題就碰到語言形式。趙樹理堅定地選擇了大眾化的方向，一貫堅持通俗文藝，一面宣傳自己的主張，一面親自實踐，做出了出色的成績。在閻錫山統治下的太原讀書時，他就提倡通俗文藝，發表了許多短篇，並寫了長篇小說《蟠龍峪》（已佚）。

他的第一篇爲人們所熟悉的短篇小說《小二黑結婚》於 1943 年發表，這是邊區在小說創作上貫徹毛主席文藝方針的第一個成功的作品。在抗日戰爭和解放戰爭時期，趙樹理寫了許多作品，鼓舞了千千萬萬的群眾，走上前線，走上鬥爭的道路。

作爲人民作家的趙樹理，解放以後，更大力提倡大眾的民族的文藝，主張作家向民間文藝學習，「從曲藝中吸取養料」。他曾主編《說說唱唱》，並創作了長篇《三里灣》，短篇《鍛鍊鍛鍊》，配合了黨的農業合作化運動。最近發表的長篇評書《靈泉洞》（上部），已獲得了廣泛的歡迎，在文藝形式的革新上有了新的成功。

總之，他是忠心爲人民服務的藝術家，爲了人民的文藝事業，他鬥爭了幾十年。現在他住在農村，生活在有光榮革命傳統的太行山上，和群眾一起，爲祖國建設和社會主義的文學事業勤勤懇懇地工作。

（二）要服務於農民，就發生了瞭解農民的問題。趙樹理和群眾有血肉聯繫，瞭解農民生活，熟悉農民語言。「他生在一個貧農家庭裡，長期生活在農村，親身經歷過高利貸債主無休止的壓榨。他痛恨地主，熱愛農民。」（周揚：《論趙樹理的創作》）他說他先是一個農民，而後才上學，才成爲作家的。他有樸素、幽默的風格，能說會道，在群眾中像一塊吸鐵石，一到那裏，男女老少的農民就圍成一團，和他說這說那，和他開玩笑。他熱心爲農民辦事，所以，連「清官難斷」的家務事，甚至小倆口打架也得找他調解調解。楊俊同志說得好：「他在群眾中就生了根，群眾離不了他。」（《我所看到的趙樹理》，見《中國青年》1949 年第 8 期）這個特點使他的作品無論思想內容還是語言形式，永遠充滿著新鮮的生命力。

（三）趙樹理在語言上是下過工夫的。周揚同志說：「他一貫努力於通俗化的工作……做過許多文字的活動。」（《論趙樹理的創作》，見《表現新的群眾的時代》第 133 頁）他注意學習語言，首先向群眾學習。毛主席說：「如果連群眾

的語言都有許多不懂，還講什麼文藝創造呢？」（《毛澤東選集》第 853 頁）清楚地說明了學習群眾語言對革命文藝創作的重要意義。趙樹理成功地實踐了黨的文藝方針，他在語言上的成就不是偶然的。他也向古人學習語言，他讀過許多古書，接受了古代文學作品語言的優良傳統；就連中國第一部文法著作《馬氏文通》，現在談起來，仍然很熟悉。外國的東西，也注意吸收。他說：「我在文藝方面所學習和繼承的，也還有非中國民間傳統，而屬於世界進步文學影響的一面。」（《『三里灣』寫作前後》，見《文藝報》1955 年第 19 期）當然，也包括語言在內。有人以為，趙樹理只懂得農民語言，是片面的。一個作家確實要在語言上下點苦工夫的。說到這裡，有一件小事可以說明趙樹理是如何在語言上苦鑽苦煉的。現在的《趙樹理選集》末尾，有一個有韻小劇《打倒漢奸》，他在前言裡說：「寫的時候磨過一點洋工，自己還能背誦。」這個劇本是 1936 年寫的，距今已二十多年，他還可以從頭到尾，一口氣背出來。

（四）他熟悉豐富多彩的民間藝術，長期受著民間藝術的薰陶，從中吸取了豐富的養料。他會拉會說會唱，精通地方戲曲，愛好民間樂器，不僅樣樣精通，而且一個人能同時撥弄好幾種。在太行編《中國人》小報的時候，他除了寫新聞通訊、論文、小說、詩歌、戲劇之外，還編快板、寫鼓詞、相聲、諷刺笑話、民間歌謠，他充分地掌握了各種文藝形式及其語言的特點，運用自如。最近的評書《靈泉洞》，唱詞《王家坡》，都是寫什麼像什麼，很受群眾歡迎。他在《『三里灣』寫作前後》一文中說：「只是和他們（指農民——引者）一道兒在這種自在的文藝生活中活慣了，知道他們的嗜好，也知道這種自在的文藝的優缺點。」趙樹理的成長和民間藝術的哺養有著重要的關係。

趙樹理是「人民的作家」，他的作品不但是中國勞動人民的寶貴財產，近年來，在國外，也享有很高的聲譽，已被譯為俄文、英文等，受到國際友人的熱烈歡迎。

我們熱愛趙樹理，喜歡他的作品，作為學習心得，在語言風格上提出這些意見和看法。

*本文由牟國相、郭丙於、饒傑騰、趙遐秋、陳良明、詹龍標、郭成韜、李思明執筆。

（原載《北京大學學報（哲學社會科學版）》1959 年第 5 期）

後　記

　　《李思明語言學論文集》已經編就，行將付梓，有關背景要向讀者說明。

　　我認識李思明先生是 1988 年在廣東深圳大學舉辦的近代漢語研討會上，我和他住同一個房間，他話語不多，彼此交談甚少，後來才知道他剛經歷了喪子之痛。雖然會上溝通不多，但是他的學識予我以深刻印象，爲我們以後的來往種下了契機。其後每逢春節我必打電話問候，到安慶公幹時也必趨前問候，他們夫婦很熱情，每次去必留下我一起用餐。飯後他一邊抽煙，一邊和我交談，聲音有點沙啞，他不善言談，但是常有啓人心智之見，關愛後輩之情溢於言表。2009 年春節，我照例打電話給他，結果無人接聽，我以爲他們回湖南老家探親了，沒有想到其他方面。不久，我赴韓國教書，也就沒有打電話給他，以爲他一切安好，默祝他健康。2011 年春我回國，打電話到他家，接電話的是他夫人司馬娟老師，告訴我李先生 2009 年已駕鶴西去，我再也聽不到李先生那沙啞的聲音了。

　　李先生有關近代漢語和安慶方言的論文散見於學術刊物和專題論文集中，如果無人董理，不能讓更多的人知道或利用，殊覺可惜，出於對李先生的敬重和學術上的考量，我發願把它們編纂成書。蒙司馬娟老師、日本熊本大學植田均教授提供資料，研究生呂曉玲幫忙錄成電子文本，文集的編次順利完成。北京大學蔣紹愚教授和日本奈良產業大學植田均教授（現在熊本大學）聞知此

事，欣然爲之作序。其後聯繫出版，卻出現了麻煩，和省內外幾家出版社聯繫，要麼沒有回音，要麼需要出版資助，而李先生家人又無力承擔，幾經周折，我以爲沒有希望了，可是，我的江西之行讓事情有了轉機。事情是這樣的，2014 年 10 月我應邀到江西南昌參加近代漢語研討會，有幸結識了臺灣淡江大學高婉瑜博士，會間和她談及此事，她表示願意玉成此事。蒙她居間介紹，花木蘭文化事業有限公司允諾出版，讓我驚喜，我也願意把此書交由他們出版。我收到幾期花木蘭文化事業有限公司郵寄給我的書目，不僅印製精美，文史哲各個系列的圖書展現了出版人的胸襟和氣魄，讓人驚歎。後來我知道其主編爲中研院院士曾永義先生，增加了我對花木蘭文化事業有限公司的良好印象，因爲我仰慕曾先生的學識，讀其書而未曾謀面，期盼有朝一日有書讓他們出版，如今天遂人願。我讓研究生江滿平、黃夢媛幫忙轉換字體，嗣後我又校讀數過，增加了前言和後記，就有了現在這本書。

最後我要感謝司馬娟老師、植田均教授提供資料，感謝研究生呂曉玲、江滿平、黃夢媛的錄入校對，感謝蔣紹愚教授、植田均教授爲此書作序，感謝高婉瑜博士的熱心，感謝花木蘭文化事業有限公司爲此書所做的一切。沒有他們的襄助和支持，本書是不可能問世的。

闕緒良　謹識

2017.7